ROBERT LOUIS STEVENSON

Lo strano caso del Dr. Jekyll e Mr. Hyde

a cura di
Luciana Pirè

Titolo originale:
The Strange Case of Dr. Jekyll and Mr. Hyde

Progetto grafico di copertina:
Lorenzo Pacini

Il logo BIG è stato realizzato da
Sebastiano Ranchetti

www.giunti.it

© 1996, 2004 Giunti Editore S.p.A.
Via Bolognese 165 - 50139 Firenze - Italia
Via Dante 4 - 20121 Milano - Italia
Prima edizione Classici: maggio 1996
Prima edizione BIG: maggio 2004

Ristampa	Anno
8 7 6 5 4 3 2	2013 2012 2011 2010 2009

Stampato presso Giunti Industrie Grafiche S.p.A.
Stabilimento di Prato

Introduzione

ROBERT LOUIS STEVENSON

Robert Lewis (Louis) Balfour Stevenson nasce a Edimburgo, il 14 novembre 1850. Il padre Thomas, «il teologo di famiglia», è un ingegnere e costruttore di fari costieri; la madre, Margaret Isabella Balfour, creatura pia e delicata di salute, deve delegare al marito e alla governante Alison Cunningham (detta Cummy) la cura e l'educazione di quel figlio unico che da lei ha ereditato gli occhi chiari, i lineamenti sottili e la costituzione debole.

Con la monacale devozione di una «seconda madre», Cummy si occupa del piccolo Louis che, costretto a letto dalla febbre e dalla tosse, vive una vita parziale, impedita nelle libertà elementari e nella regolare frequentazione delle scuole. Gli sarà impossibile dimenticare anche per un solo giorno i limiti di un corpo malandato che si frappone tra lui e il mondo, escludendolo dalla normalità. Nelle lunghe giornate di immobilità, il ragazzo legge moltissimo e, dopo la lettura, si diverte a imitare gli stili letterari più disparati. Non ha ancora sedici anni quando stupisce tutti con un breve romanzo storico – *Pentland Rising* [L'insurrezione del Pentland], 1866 – in cui imita la prosa di Walter Scott.

Per sfuggire alle nebbie umide e «all'inesorabile purgatorio meteorologico» di Edimburgo, hanno inizio, nel 1862, le prime peregrinazioni e quelle «abitudini di vagabondo» che diverranno parte integrante del suo modo di vivere. Con la famiglia si trasferisce a Londra e poi, per diversi soggiorni, ad Amburgo, in Italia e nel Sud della Francia. L'iscrizione alla Facoltà di Ingegneria dell'Università di Edimburgo, nel 1867, è un passaggio obbligato perché così avevano fatto tutti gli uomini della famiglia. A quella professione il ragazzo pensa con sensazioni contrastanti: certo, gli piacciono «l'aria aperta, le isole selvagge, il gusto dei geniali pericoli del mare»; e, inoltre, è affascinato dalla possibilità di progettare «interventi sulla natura stessa e modificarne il volto». Ma quello che proprio non sopporta è l'idea di «rinchiudersi in un ufficio». La promettente carriera al servizio della scienza stenta a decollare: Louis è indolente, sperpera denaro, frequenta luoghi malfamati per esplorare «i meandri del vizio» e inseguire «il passo ondeggiante delle meretrici»; e, soprattutto, gli piace scrivere. Appena diciottenne, ha già finito un breve racconto, A Lodging for the Night [Un riparo per la notte], pubblicato nel 1877.

Il padre non sembra preoccupato: anche lui ha nutrito in gioventù ambizioni letterarie e non avversa quelle del figlio, ritenendole compatibili con la preparazione a una professione rispettabile. Ma l'8 aprile 1871, Louis annuncia la decisione di voler essere uno scrittore, e non altro. Acconsente a iscriversi alla Facoltà di Legge, consegue la laurea, ma la utilizza soltanto per un tirocinio di pochi mesi. Le tensioni con il padre esplodono in un conflitto quando Thomas Stevenson scopre un documento firmato da Louis e altri amici per la costituzione di una società segreta ed eversiva, il cui primo articolo prescrive di abolire la Camera dei Lords, ripudiare la

Chiesa ufficiale e «rifiutare tutto ciò che i genitori hanno insegnato». Nella famiglia Stevenson l'episodio goliardico assume proporzioni drammatiche. Conservatore in religione e in politica, Thomas non è però un ottuso bigotto, come i biografi lo hanno spesso dipinto; è, secondo il ritratto riconciliato del figlio, un uomo piuttosto all'antica e uno strano miscuglio di rigore e dolcezza. Durante la più incandescente delle discussioni fra i due, Louis ammette di essere un non-credente, ma non riesce a inghiottire le accuse di eretico irresponsabile che gli vengono rivolte. A nulla vale la difesa di sé che il ragazzo accoratamente perora in una lunga lettera al padre, che vuole diseredarlo.

Nel luglio dello stesso anno, si rifugia nel Sussex presso la cugina Maud Babington, e qui s'invaghisce di Frances (Fanny) Sitwell. Louis è felice in compagnia di Fanny e del cugino Bob Stevenson, esperto maestro di vita, che gli insegna ad amare la Francia, la sua cultura e i suoi vini. Purtroppo, un famoso specialista, Sir Andrew Clark, gli diagnostica i primi sintomi della tubercolosi e gli prescrive il clima della Riviera francese, caldeggiando l'opportunità di una separazione dalla famiglia. Trascorre così venti settimane a Mentone e, per popolare la distanza da casa, dagli amici, dall'illusione di una vita sana, comincia a registrare minuziosamente tutto quello che gli accade in *Ordered South* (apparso nel numero di maggio 1874 del «Macmillan's Magazine»). Instancabilmente, fino all'ultimo giorno, continuerà a trascrivere i fatti di una vita che si può raccontare come «una grande personale Odissea».

Nell'estate del 1875 ritorna in Francia, nella colonia *bohèmienne* di Grez-sur-Loing, quartier generale degli artisti anglosassoni espatriati. Chi lo conosce in quegli anni ricorda una figura emaciata ed elegante, con l'immancabile giacca di velluto nero sbottonata, la camicia scura e il colletto floscio, secondo la moda francese. Scrive con continuità, sperimentando generi diversi: la saggistica di *Virginibus Puerisque* (1881); la narrativa breve con i racconti di *The New Arabian Nights* [Le nuove Mille e una notte], pubblicati nel 1878 sulla rivista «London»; e, ancora, una guida molto personale della sua città: *Edinburgh: Picturesque Notes* [Edimburgo. Appunti pittoreschi], 1878; il resoconto di una sconsiderata gita in canoa lungo i canali e i fiumi da Anversa a Grez: *An Inland Voyage* [Un viaggio nell'entroterra], 1878, e i vagabondaggi in sella a un'asina: *Travels with a Donkey* [Viaggi con un'asina], 1879.

Nel clima euforico della colonia degli artisti avviene l'incontro fatale. A settembre del 1876 Louis incontra e si innamora dell'americana Fanny Van Der Grift Osbourne, sposata e più grande di lui di dieci anni, con una drammatica esperienza alle spalle per la perdita di un figlio. Fanny ha altri due figli a carico, Belle e Lloyd, nati dal suo matrimonio con Sam Osbourne, un cercatore d'oro. Di lei si sa che ha conosciuto grandi privazioni e la riprovevole esistenza dei pionieri americani; e, minuscola, scura e robusta com'è, non ha nulla dei canoni femminili apprezzati dalla società vittoriana: quanto basta per non essere accettata dagli amici dello scrittore, che la osteggiano e ricambiano la gelosia di quella «contadina», la *straniera* che farà da intermediaria fra loro e Louis, accendendo dissidi duri a estinguersi. Il ritratto che molti di loro ne faranno risulta contraddittorio e spesso impietoso, ma per colui che diverrà suo marito lei rimarrà sempre un emblema di energia possente e selvaggia. A legarli, più d'ogni altra cosa, sarà un insaziabile nomadismo.

Nell'agosto del 1878 Fanny, richiamata in America

dal marito, abbandona la Francia e le proprie velleità di pittrice per andare a liquidare un matrimonio alla deriva. Esattamente a un anno da quella partenza, Louis riceve da lei un telegramma e decide di raggiungerla in California. Nonostante siano in molti a tentare di dissuaderlo, s'imbarca sul *Devonia*, il 7 agosto 1879, come passeggero di seconda classe mescolato ai reietti dell'umanità. Racconterà la desolazione di quell'indimenticabile traversata in *The Amateur Emigrant* [Emigrante per diletto] e *Across the Plains* [Attraverso le pianure], pubblicati postumi nel 1895, poiché il padre ne aveva vietato le vendite giudicandoli entrambi indegni del talento di Louis, oltre che sconvenienti per la cruda rappresentazione delle condizioni degli emigranti su una nave britannica. Il 17 agosto sbarca a New York, febbricitante e senza un soldo; il 19 sale su un treno diretto a San Francisco che lo scarica due settimane più tardi a Monterey, in California. È ridotto a «un mucchio d'ossa in un sacco», stremato dalle emorragie polmonari e dai deliqui che gli hanno fatto perdere l'uso della parola. Per di più, l'attesa del divorzio di Fanny è talmente snervante da fargli temere che quelle sofferenze non siano servite a nulla. Poiché la scabbia gli impedisce di reperire un alloggio, si rifugia fra le montagne di Santa Lucia e lì, privo di sensi, lo ritrova un cacciatore di orsi che interviene appena in tempo a salvargli la vita. Stenta a ristabilirsi e per tre mesi lotta strenuamente contro la morte, finché il suo fisico non ha la meglio.

Ottenuto il divorzio, Louis e Fanny celebrano il loro matrimonio a San Francisco, assistiti da un pastore presbiteriano scozzese. Il più irrequieto dei ménage matrimoniali si inaugura con una disastrosa permanenza nella baracca di una miniera abbandonata della città fantasma di Silverado, rievocata più tardi in *The Silverado Squat-*

ters [Gli accampati di Silverado], 1883. Ben presto, però, quell'aspra vita di frontiera si rivela insostenibile e il rientro in Inghilterra appare la soluzione più opportuna. D'altra parte, le scarse vendite dell'ultimo lavoro di Louis, *The Pavilion on the Links* [Il padiglione sulle dune], 1880, hanno messo l'autore di fronte all'evidenza che i suoi scritti non gli danno da vivere.

Il 17 agosto 1880 i coniugi Stevenson sbarcano a Liverpool per poi giungere a Edimburgo, dove i genitori di Louis hanno acconsentito ad accogliere il figliol prodigo e la «spaventosa avventuriera». Col tempo, impareranno ad apprezzare la fermezza e la dedizione di Fanny al punto da chiederle, con un gesto di estrema fiducia, di farsi garante del decoro di ogni pagina uscita dalla penna di quel loro figlio ribelle. Ma i sempre più preoccupanti segnali dell'aggravarsi della malattia spingono Louis a partire di nuovo. Alla fine di quell'estate scozzese, va a cercare in Svizzera, nelle montagne di Davos, una guarigione che gli sembra ormai un miraggio. Rientrato in Scozia nella primavera del 1881, Louis riprende a scrivere assiduamente a dispetto della malinconia e della pessima salute. Lavora a una serie di profili letterari – *Familiar Studies of Men and Books* [Studi familiari di uomini e libri], 1882 – e, in tempi strettissimi, come stregato dalla gotica intensità degli scenari dell'infanzia, porta a termine un nutrito numero di racconti «abbastanza orridi da far gelare il sangue a un granatiere»: *Thrawn Janet* [Janet la storta], *The Body-Snatcher* [Il trafugatore di salme], e *Merry Men* [Gli allegri compari], raccolti in volume nel 1887. Poi, in un giorno di pioggia, giocando nella stanza del figliastro Lloyd, comincia a disegnare per lui la mappa di un'isola e a inventare personaggi dai volti scuri che cercano un tesoro. Nasce così il suo primo vero successo di pubblico, *Treasure Island* [L'isola del tesoro], pubblicato a puntate su «Young Folks» (ottobre 1881-gennaio 1882).

La salute, intanto, reclama con impellenza il caldo e il sole del Mediterraneo. Dalla campagna nei dintorni di Marsiglia, i coniugi Stevenson passano alle colline di Hyères, da dove dovranno fuggire a causa di un'epidemia di colera. Ritornati in Inghilterra, scelgono di stabilirsi in una località sulla Manica, Bournemouth, in considerazione del clima marino e della vicinanza alla famiglia. Alla prolungata permanenza nello stesso luogo si deve l'enorme mole di lavoro che Louis riesce a produrre. Riviste ed editori gli concedono spazio e, senza difficoltà, pubblica due raccolte di poesie: *Underwoods* [Boschi cedui], 1887, e *A Child's Garden of Verses* [Il giardino dei versi di un bambino], 1885, dedicata a Cummy; i romanzi *Prince Otto* [Il principe Otto], 1885, *Kidnapped* [Rapito], 1886, e *The Black Arrow* [La freccia nera], 1888; i racconti di *More New Arabian Nights, or The Dynamiter* [Altre nuove Mille e una notte o Il dinamitardo], 1885; *Memories and Portraits* [Memorie e ritratti], 1887; e due dei suoi più riusciti "racconti morali", *Markheim* (1884) e *Olalla* (1885). In una tranquilla serata nel salotto di casa, Louis legge agli amici la prima stesura di *The Strange Case of Dr. Jekyll and Mr. Hyde* [Lo strano caso del Dr. Jekyll e Mr. Hyde], 1886.

Nel frattempo, le condizioni del padre peggiorano. Ha perdonato già da tempo le intemperanze di quel figlio gracile e inquieto e, con una postilla aggiunta al testamento, lo ha reintegrato nei suoi diritti patrimoniali. Muore il 18 maggio 1887 e Louis, «segregato» nel letto di malato, non può assistere alla sua sepoltura. Constatando la violenza di un'ennesima crisi, i medici gli consigliano il sanatorio di Saranac, un villaggio montano non lontano dalla frontiera canadese, dove il malato soggiorna per circa sette mesi, fino ad aprile del 1888. Durante l'inverno ha scritto una farsa in collaborazione con Lloyd, *The Wrong Box* [La cassa sbagliata], 1889, e ha già impostato le prime scene di *The Master of Ballantrae* [Il signore di Ballantrae], 1888, ancora un romanzo sul tema del doppio, che uscirà a puntate sullo «Scribner's Magazine» (novembre 1888-ottobre del 1889).

Ormai sta per avere inizio l'avventura nei Mari del Sud, lunga sette anni, quanto ancora resterà da vivere a un uomo che ha sfiorato più volte la morte e altrettante volte l'ha vinta. Con duemila dollari Fanny noleggia uno yacht, il *Casco*, per una lunga crociera e, il 28 giugno 1888, la famiglia allargata degli Stevenson salpa per i Mari del Sud, con soste nelle Isole Marchesi, Tahiti e le Hawai. Per un'avaria alla nave, i passeggeri si fermano a Honolulu e ripartono sul mercantile *Equator* diretto in Australia, ultima tappa prevista. Visitano le isole Gilbert e approdano ad Apia, la capitale di Upolu, l'isola più grande dell'arcipelago delle Samoa. Folgorato dalla bellezza sontuosa e idilliaca della natura, Louis prende la decisione per lui definitiva: compra un terreno alle Samoa e, nel mese di settembre del 1890, avvia i lavori nella piantagione di circa centotrenta ettari a cui ha dato il nome di *Vailima* ('cinque fiumi'). La giungla deve essere domata a colpi d'ascia e a suon di dollari per far posto a una casa la cui grandezza è rimasta a lungo nella leggenda, insieme all'assurda presenza di un caminetto, l'unico esemplare in tutta la Polinesia. Qui si insedia la stravagante famiglia di bianchi, pronti a trasformarsi in piantatori di caffè e cacao e a convivere con intere dinastie di servitori samoani.

Più degli altri, è Louis a voler fare terra bruciata, annullando dentro di sé ogni traccia della civiltà bianca. Impara subito la lingua locale, studia le tradizioni delle diverse etnie e incoraggia persino le rivendicazioni d'indipendenza delle popolazioni indigene contro l'ingerenza imperialista di tedeschi, inglesi e americani; ma più ancora, impara a capire «gli uomini i cui padri non hanno mai letto Virgilio, né mai erano stati conquistati da Cesare [...] Tutto il resto era scomparso». Senza ombra di paternalismo, documenta gli aspetti economici, antropologici, religiosi e fiabeschi di «quell'inquieto arcipelago di bambini» nelle lettere raccolte *In the South Seas* [Nei Mari del Sud], 1896 e finisce con lo scoprire sorprendenti coincidenze tra quel popolo e la sua gente scozzese.

All'esotismo zuccheroso delle storie turistiche ambientate nei Mari del Sud, Stevenson contrappone il realismo addirittura spietato di due romanzi sulla «truculenza» colonialista scritti in collaborazione con Lloyd: *The Wrecker* [Il relitto], 1892, e *The Ebb Tide* [Il riflusso della marea], 1894; e interpreta le suggestioni superstiziose di quella razza pigra e sorridente negli stupefacenti racconti di *Island Nights' Entertainment* [Gli intrattenimenti delle notti sull'isola], 1893, di cui fanno parte *The Bottle Imp* [Il diavolo nella bottiglia], *Beach of Falesà* [La spiaggia di Falesà], e *The Isle of Voices* [L'isola delle voci]. E, mentre si immerge nell'incanto di un paesaggio «splendido e antico», si ricongiunge senza più risentimento al passato. Nelle pagine di *Catriona* (1893), il seguito romanzesco di *Kidnapped*, riversa una nostalgia infinita per la sua Edimburgo, «ventosa, piovosa, affumicata e sinistra città». Alla fine del viaggio, di tutti i viaggi, «chi arriva è ritornato».

Molte volte Louis aveva temuto la morte, ma non quel giorno, il 3 dicembre 1894, quando un'emorragia cerebrale lo colpisce all'improvviso alle 18,40. Alle 20,10 è tutto finito. Rinfrancato da un miracoloso benessere fisico, stava lavorando a tanti progetti insieme, a tanti libri accantonati e poi ripresi alla sua maniera dispersiva in cui, forse, cercava una rassicurazione di longevità. Fra il 1896 e il 1897, saranno pubblicati i risultati di questo incredibile fervore creativo: *Fables* [Favole], le poesie di *Songs of Travel* [Canzoni di viaggio]; e i romanzi incompiuti, *St. Ives* e *Weir of Hermiston*.

Gli indigeni che Louis è riuscito a far liberare dalla prigionia, spianano in poche ore una strada nella giungla, collegando la sua casa all'arteria principale dell'isola. La chiamano Via della Gratitudine e la dedicano a colui che ha conquistato ai loro occhi il prestigio di un grande capo, dotato di poteri soprannaturali. A lui va tributato l'onore che un grande capo merita: ne cospargono il corpo di olio di cocco profumato, lo avvolgono nelle stuoie e lo portano sulle spalle lungo la salita che da Vailima conduce al monte Vaea. Là, con sassi di corallo e massi squadrati di roccia lavica, preparano una tomba per *Tusitala*, il narratore di storie.

Lo strano caso del Dr. Jekyll e Mr. Hyde

Siamo nell'autunno del 1885 a Bournemouth, nella casa di campagna che Robert Louis Stevenson ha chiamato *Skerryvore* dal nome di un faro costruito da uno zio paterno. Le prescrizioni severissime dei medici lo hanno condannato al riposo, in un silenzio pressoché assoluto. Ma appena le emorragie polmonari e lo stato di prostrazione fisica glielo consentono, il malato si solleva debolmente sul letto, si mette a sedere sorretto da due o più cuscini, e si fa portare carta e penna. Con un'alacrità che ha del miracoloso, scrive lettere, racconti, saggi e romanzi. Scrive anche *Lo strano caso del Dr. Jekyll e Mr.*

Hyde, in tre giorni di lavoro febbrile al ritmo di dieci-
mila parole al giorno: un'impresa semplicemente tita-
nica, anche se la revisione gli richiede almeno «un mese
o sei settimane».

Molto prima di creare con Jekyll e Hyde il paradigma
perfetto del *doppio*, Stevenson è irresistibilmente attratto
da «quel senso forte della doppiezza che si annida nel-
l'uomo e ha qualcosa che a tratti cattura e sovrasta la
mente di ogni creatura pensante [...]».[1] Il tema della
doppia vita appare in precedenza in un racconto rifiutato dall'editore e poi da lui stesso distrutto (*The Tra-
velling Companion*); ritorna nel racconto melodramma-
tico, *Markheim*; ed è l'argomento assolutamente centrale
in due opere teatrali: *Deacon Brodie, or, The Double Life*
(1882) e *Macaire* (1885), una sorta di farsa su un crimi-
nale che vuol farsi credere onesto.

Lo strano caso del Dr. Jekyll e Mr. Hyde fu pubblicato
nel dicembre del 1885 in una collana economica di *thril-
lers*, un genere tradizionalmente molto richiesto fra le
letture del periodo natalizio. Passò quasi inosservato, ma
fu subito riproposto in volume ai primissimi del 1886 e
questa volta il successo fu straordinario. Lo divorarono
coloro che non leggevano mai romanzi, il «London
Times» se ne occupò con una recensione di sei pagine;
e addirittura, il vescovo di Canterbury, che aveva acquistato il romanzo nella prima settimana di vendite,
basò il suo sermone domenicale sulla parabola di Jekyll
e Hyde. Stando a un calcolo approssimativo, in sei mesi
se ne vendettero quarantamila copie solo in Inghilterra,
senza contare le numerose copie contraffatte e l'edizione
americana, che porterebbero a un totale molto più alto.

Jekyll e Hyde sembrarono credibili, più veri del loro
autore e, per la loro verosimiglianza, interessarono il
fondatore della società di studi psicologici, esperti di fe-

nomeni medianici, persino spiritisti e teosofi che scrissero molte *strane* lettere nelle quali supponevano che Stevenson avesse avuto «qualche assistenza soprannaturale nel descrivere la doppia vita». Una contessa tedesca gli scrisse per ammonirlo di guardarsi dalle forze della «magia bianca e nera, che stavano contendendosi la sua anima».

Nell'Inghilterra puritana, in migliaia divorarono il romanzo pur scandalizzandosi dei *vizi* di Hyde. Stevenson non si sorprendeva della «solita doppiezza» dei suoi lettori, ma si irritò sul serio solo quando un critico americano identificò nei *peccati* di Hyde alcune forme di trasgressione sessuale. «Il male era in Jekyll», sbottò sconsolato, «perché era un ipocrita, non perché gli piacevano le donne; lo dice lui stesso, ma la gente è così piena di stupidità e lussuria repressa, che non riesce a pensare ad altro che al sesso».

Altra questione, però, era rispondere a coloro che lamentarono il letale pessimismo di un libro che avrebbe agito «come incentivo al suicidio morale». Stevenson era entrato in quel territorio proibito alla conoscenza di cui parla, spaventato, l'amico ed esteta John Addington Symonds: «Dubito che qualcuno abbia il diritto di scrutare nelle abissali profondità umane. Il tuo è veramente un libro terribile, per quella specie di callosità morale, per quella mancanza di compassione, e quella chiusura di ogni via d'uscita alla speranza [...]. Il suicidio finale di Jekyll è un luogo comune. Avrebbe dovuto consegnare Hyde alla giustizia. E questo avrebbe vendicato il senso di dignità umana che è tanto orribilmente violato in questo libro».

Se rileggiamo con un po' più di attenzione questo piccolo, intramontabile classico della letteratura occidentale, possiamo forse capire il perché di una denuncia così allarmata. Quasi un secolo dopo, un altro lettore molto speciale suggeriva di non prendere troppo alla leggera questo romanzo. «Contrariamente a quanto si può credere, dato che è entrato a far parte della letteratura popolare», scrive Italo Calvino, «il *Dr. Jekyll* è un testo molto *difficile*». Difficile? Si stenta a crederlo, visto che lo si può leggere come un giallo o una *detective story* quasi perfetta; o anche, se si vuole, come un romanzo gotico, talmente accattivante da funzionare nei più diversi adattamenti cinematografici e con i volti degli attori hollywoodiani di ogni generazione. È evidente, allora, che le difficoltà cui allude Calvino sono altrove, abilmente nascoste.

Così avvertito, il lettore di oggi non può più accontentarsi di interpretare il romanzo come una conferma dell'eterna vittoria del bene sul male: è un'ovvietà, la più reiterata e la più facile da smentire. *Lo strano caso del Dr. Jekyll e Mr. Hyde* non ha niente di ovvio né di consolatorio. È una storia allo stesso tempo accattivante e drammatica, costruita com'è su un doppio registro: la superficie segue le convezioni della *suspense*, mentre in profondità giace una serissima riflessione, carica di sottigliezze metafisiche e implicazioni religiose, intorno al potere delle forze irrazionali sugli individui. Temi gravissimi racchiusi in un guscio leggero, si direbbe: è questo il precario equilibrio che Stevenson inseguì in tutto ciò che scrisse.

Serrata in una tensione incalzante, la vera posta in gioco è il riscatto dell'uomo dalle costrizioni della Legge Morale, che ha la responsabilità di amputare il piacere, la fantasia, i desideri, le tentazioni: per Stevenson, un'amputazione inconcepibile, un danno inciso nell'essenza stessa della natura umana. Tutto, allora, comincia da qui: Jekyll non vuole rinunciare a ciò che gli appar-

17

tiene per carattere e per natura: non vuole mortificare, cioè, quella «sorta di impaziente esuberanza» che l'età non è riuscita a smorzare.

Una volta scoperta la pozione che lo trasforma, avrebbe anche potuto continuare per anni, come ha sempre fatto, a nascondere dietro la facciata di uomo rispettabile una segreta licenziosità, con l'impegno di mettere poi riparo alle cattive azioni di Hyde. Ma Jekyll vuole molto di più: vuole eliminare «l'origine delle più grandi infelicità della condizione umana». L'infelicità a cui pensa non riguarda la divisione in due princìpi: che il Bene e il Male debbano stare insieme a combattersi nel «grembo straziato di una medesima coscienza» è una legge della vita, dura ma ineludibile. Eliminare l'infelicità per lui significa, invece, liberare il peccato dal rimorso. Il che spiega perché, secondo il suo autore, Jekyll sia un ipocrita. Data la doppiezza congenita in ogni essere umano, perché non disfarsi di quel morboso senso di vergogna che l'accompagna? Perché non soddisfare fino in fondo il piacere, conservando le mani e la coscienza pulite?

Nella prima delle sue metamorfosi, Jekyll attraversa un purgatorio di sofferenze che sfocia in una resurrezione; allargando le braccia nell'esultanza di sensazioni mai provate, si scopre Hyde. La *cosa* che vede nello specchio non gli comunica però estraneità né ripugnanza, ma piuttosto la commozione di un ritrovamento: come se lo avesse sempre aspettato, come se gli fosse grato per la completezza che gli restituisce. Con trepidazione gioiosa Jekyll accoglie Hyde in questo mondo. Ed è con «un sentimento di pietà nel cuore» che lo congederà da sé nell'ultimo atto.

Dopo la prima inebriante esperienza, ogni volta che Hyde è eliminato dalla scena, tutto si fa terribilmente tetro, come ogni volta che ci si immola alla rinuncia. Nelle fasi del pentimento, allorché si riempie di orrore e contrizione, Jekyll crede di poter ripudiare Hyde con le buone intenzioni e dare «un addio risoluto alla libertà, alla relativa giovinezza, al passo leggero, ai palpiti delle emozioni e ai piaceri segreti» di cui ha goduto sotto le sembianze di Hyde. Ma, invece che dimenticare Hyde, lo pensa di continuo. Si affievolisce il ricordo delle agonie fisiche della trasformazione, ma non quella vertigine di sfrenata irresponsabilità, come di un ragazzino che marina la scuola. Jekyll languisce in una nostalgia che, col tempo, gli rende insipida e deprimente la condotta virtuosa. Quando Hyde è rimosso, Jekyll non è in pace con se stesso; semplicemente ne attende il ritorno.

In nome di questo rimpianto, di un'autentica tenerezza, Hyde non è una semplice incarnazione del male. «Quel figlio dell'inferno» è la personificazione della forza cosmica delle società arcaiche; è l'unità felice e amorale che attesta una forma di integrità che una volta ci apparteneva e che abbiamo dimenticato. Tutto è «indescrivibilmente nuovo» in Hyde, prodigiosamente intatto: eccezionale la determinazione, traboccante la fantasia, intensissima la resistenza nervosa e la vitalità dei sensi, goduti attimo per attimo. Se il rapporto con il corpo resta un pruriginoso mistero per gli educatori vittoriani, Hyde ne riscopre tutte le potenzialità: l'impeto, il vigore, l'agilità scattante, e la sete di piaceri innominabili, su cui Jekyll stende un velo pietoso.

Destinato ad apparire come un corpo estraneo, un inclassificabile *altro*, Hyde provoca in chi lo incontra uno stupore più forte della nausea e del disgusto. Stupisce per la novità, che assume il simbolo di qualcosa di deforme che si percepisce, ma nessuno riesce a descrivere. La verità è che gli altri non riconoscono un essere indiviso, *un intero*, dice di lui Jekyll: purissimo nella sua «insensibilità morale e dissennata facilità al male», perché al di sopra dei buoni sentimenti, e ha l'onestà di non fingerne.

Per le strade di una Londra che assomiglia moltissimo alla nebbiosa Edimburgo di Stevenson, Hyde si aggira in una condizione di allarme che nasce da una paura originaria degli altri uomini. Di fronte al pericolo non ha altra scelta se non la fuga o l'aggressione. Come gli animali minacciati, Hyde fa scattare dispositivi di autodifesa: il respiro gli diventa un sibilo, digrigna i denti, esplode in accessi d'ira finché, «con la furia di una scimmia» o l'astuzia di una volpe, assale l'avversario e lo riduce in fin di vita; oppure squittisce «come un topo» e rimbalza su per le scale a rifugiarsi nello studio, la sua tana; e, in ultimo, braccato e ormai intrappolato, quello che emette è «un gemito straziante, un gemito di bestia atterrita». Indubbiamente, Stevenson vuole convincerci che Hyde abita una sfera morale che esula «da ogni legge ordinaria» e che le sue azioni non possono identificarsi con la vergogna e le colpe che si sussurrano in confessionale. Hyde è l'uomo allo stato di natura, che obbedisce alla legge elementare della lotta per la sopravvivenza ed è esentato dall'esercizio di controllo e repressione cui è costretto l'uomo sociale. Se la crudeltà in natura è innocenza, Hyde è innocente.

Con il suo stupefacente «egotismo» e il suo avido, formidabile attaccamento alla vita, Hyde sfugge alla volontà del debole Jekyll, che tuttavia non si pente. L'unica vera sconfitta è quella dello scienziato che ammette l'incompletezza dei suoi esperimenti, nessun'altra. La confessione finale non è dunque un'ammissione di colpa, ma ha il valore di un laico, accorato appello in favore di un'accettazione più tollerante delle componenti oscure della natura umana. Immediatamente prima di un suicidio che non è espiazione ma segna soltanto un limite a un soffrire non più sopportabile, Jekyll ci chiede di capire che gli istinti di cui andiamo fieri e quelli di cui ci vergogniamo hanno la stessa origine.

«Morirà Hyde sul patibolo? O troverà il coraggio di liberarsi all'ultimo istante? Lo sa Iddio». *Lo strano caso del Dr. Jekyll e Mr. Hyde* si chiude con questi inquietanti interrogativi che non offrono soluzione. L'incertezza sul destino di Hyde dispiacque (e forse dispiace ancora) ai lettori che avrebbero apprezzato una punizione esemplare per il maligno assoluto. Ma Stevenson ritiene Hyde tanto poco colpevole da sottrarlo al castigo della legge terrena. In fin dei conti, non spetta allo scrittore il ruolo di un dio giustiziere; a noi basta che sia un infallibile narratore, consapevole che «la narrativa rappresenta per l'adulto ciò che il gioco è per un bambino».

LUCIANA PIRÈ

Lo strano caso del Dr. Jekyll e Mr. Hyde

A Katharine De Mottos

È male sciogliere i legami stretti da Dio per decreto.
Saremo ancora i figli dell'erica e del vento.
Lontani da casa, ancora per te e per me
la ginestra si fa bella di germogli
nel paese del Nord.[1]

Storia della porta

Utterson, il notaio[1], era un uomo dal volto scabro, mai rischiarato da un sorriso; freddo, laconico, in genere impacciato nella conversazione e restio alle effusioni, era magro e allampanato, ombroso, plumbeo addirittura, eppure amabile a suo modo. Quando si trovava fra amici, e il vino era di suo gradimento, qualcosa di un'intensissima umanità gli brillava nello sguardo; qualcosa, certo, che non si traduceva in parole ma, nella quiete del dopocena, gli si leggeva nei muti simboli del viso e – più spesso ed esplicitamente – nelle azioni della vita. Con se stesso era austero: quando era solo, beveva gin per mortificare un suo debole per i vini d'annata, e non si concedeva da vent'anni di varcare la soglia di un teatro, per quanto gli piacesse. Con gli altri, al contrario, era di provata indulgenza. Talvolta si sorprendeva a considerare, quasi con una punta d'invidia, la straordinaria potenza degli impulsi che spingono al crimine; ma, pur nei casi estremi, era più incline a soccorrere che a biasimare. «Inclino all'eresia di Caino», ripeteva con un fare misterioso, «e lascio che mio fratello se ne vada al diavolo come più gli aggrada». Un modo di pensare, questo, che non di rado gli riservava il destino d'essere l'ultimo rispettabile conoscente, l'ultima benefica influenza nella vita di uomini perduti su strade sbagliate. E, con individui del genere, fin tanto che gli bazzicavano intorno, il suo contegno non tradiva il benché minimo mutamento.

Non gli costava un grande sforzo, per la verità, dato che Utterson era un uomo che non dava mai nulla a vedere e sembrava fondare anche la sua concezione dell'amicizia sulla stessa disposizione ecumenica alla benevolenza. Se è segno di modestia accettare gli amici così come ce li offrono le mani della sorte, ebbene, il notaio era un uomo modesto. Fra i suoi amici ce n'erano alcuni legati a lui da vincoli di parentela e, altri, da una conoscenza d'antichissima data; ai suoi affetti, attecchiti nel tempo come edera, non chiedeva in cambio una speciale affinità. Di tale natura, senza dubbio, doveva essere il legame che lo univa a Richard Enfield, suo parente alla lontana e noto uomo di mondo; ma capire cosa quei due trovavano l'uno nell'altro e cosa avevano da dirsi restava un rebus per molti. A detta di chiunque li incontrasse nelle loro passeggiate domenicali, non si scambiavano una parola, avevano un'aria particolarmente annoiata e salutavano la comparsa di un amico con evidente sollievo. Nondimeno, i due attribuivano a queste loro peregrinazioni il valore inestimabile di un premio da conquistare ogni settimana, tant'è che non solo accantonavano altre occasioni di svago, ma resistevano persino al richiamo degli affari, pur di non interromperne la consuetudine.

Accadde che uno di questi loro vagabondaggi li portasse a imboccare una strada secondaria di un quartiere commerciale di Londra. Era una strada stretta e, si può dire, tranquilla se paragonata all'animazione febbrile dei giorni di lavoro. I suoi abitanti dovevano passarsela bene, a quanto pareva, e si facevano concorrenza per guadagnare ancora di più investendo il surplus dei profitti in autentiche civetterie da mettere in mostra; così, lungo l'intero percorso, le vetrine si offrivano allettanti l'una accanto all'altra come due file di sorridenti commesse. Anche di domenica, quando velava le sue attrattive più appariscenti e si acquietava in una relativa calma, la strada spiccava in contrasto con la desolazione circostante, come un falò nella foresta; e, con le sue persiane verniciate di fresco, i suoi ottoni lustrati alla perfezione e un gaio lindore diffuso dappertutto, riusciva a ingraziarsi i passanti al primo sguardo.

Sul lato sinistro della stradina, in direzione est, la linea degli edifici era interrotta, a due porte dall'angolo, dal varco di un cortile. Proprio in quel punto, un certo palazzotto sinistro incombeva sulla strada con il suo frontone. Alto due piani, non aveva finestre, nulla, ad eccezione d'una porta a pianterreno e una cieca facciata scolorita nella parte superiore. Tutto mostrava i segni di un prolungato e sordido abbandono. La porta, senza battente né campanello, era stinta e scrostata; i vagabondi si trascinavano ciondolando in quel recesso e sfregavano fiammiferi sui pannelli; i ragazzini improvvisavano bottega sui gradini e non c'era scolaro che non avesse provato il suo temperino sulla cornice. Di sicuro, da una generazione almeno, nessuno si era fatto più vivo a cacciare via quell'accolita di visitatori o a riparare i loro danni.

Enfield e il notaio procedevano sul marciapiede opposto finché, giunti all'altezza del cortile, il primo glielo indicò sollevando il bastone da passeggio.

«Quella porta, l'avete mai notata?», chiese. E, alla risposta affermativa del compagno, aggiunse: «Non posso più fare a meno di associarla a una storia molto strana».

«Davvero?», disse Utterson con una lieve alterazione della voce. «E di che storia si tratta?»

«Bene. È andata così», cominciò Enfield. «Saranno state le tre di una nera mattina d'inverno e me ne tornavo a casa da un qualche posto in capo al mondo attraversando una parte della città dove non c'era da vedere letteralmente niente, niente all'infuori dei lampioni. Una strada dopo l'altra, e tutta la gente a dormire... Una strada dopo l'altra, e tutto illuminato come per una processione, e tutto deserto come in una chiesa... A forza di ascoltare finii col diventare un fascio di nervi e cominciai a sperare ardentemente di veder comparire un poliziotto. All'improvviso, scorsi due figure: un uomo piuttosto piccolo che marciava con passo spedito lungo la strada principale; e, dall'altra parte, una bambina, di otto o dieci anni, che veniva giù da una viuzza traversa correndo a più non posso. Ebbene, signor mio, com'era facile da prevedere, all'angolo i due si scontrarono.

E adesso viene il fatto più atroce. L'uomo travolse la bambina, la calpestò e, senza scomporsi, passò oltre lasciandola a strepitare sul marciapiede. A raccontarla, sembra cosa da niente; ma fu una scena infernale a vedersi. Quello non sembrava neppure un essere umano; sembrava uno Juggernaut[2] indemoniato! Lanciai un grido d'allarme, mi

precipitai all'inseguimento, acciuffai il mio galantuomo per la collottola e me lo trascinai dove s'era
già formato un capannello intorno alla bambina
che ancora strepitava. Lui, assolutamente glaciale,
non oppose resistenza; mi lanciò giusto un'occhiata,
ma talmente truce che mi ritrovai inondato da ri-
voli di sudore, come se avessi fatto una bella corsa.
I primi ad accorrere erano stati i familiari della ra-
gazzina; l'avevano spedita loro a chiamare un medico, che poi era lo stesso che di lì a poco fece la
sua apparizione. Bene: per la piccola era escluso il
peggio; più che altro, un grande spavento, stando
alle parole del nostro segaossi. E con ciò la vicenda
si sarebbe potuta ritenere chiusa, se non fosse stato
per una curiosa coincidenza.

Quel galantuomo mi aveva ispirato ribrezzo a
prima vista, e altrettanto era successo alla famiglia
della bambina, il che era abbastanza naturale. Non
mi aspettavo invece la reazione del medico. Era il
classico tipo dello speziale, fatto e finito, di età e colore imprecisabili, con un forte accento di Edimburgo e la sensibilità di un pezzo di cuoio. Ebbene,
signor mio, lui pure pativa come noi. Ogni volta
che guardava il mio prigioniero, sbiancava e fremeva in preda a una tentazione omicida. Sapevo
cosa gli passava per la mente, come lui sapeva cosa
passava per la mia. Scartata comunque l'ipotesi di
uccidere chicchessia, prendemmo in esame un'altra
soluzione. Minacciammo il nostro uomo che pote-
vamo – e certamente l'avremmo fatto – insozzare il
suo nome con un tale scandalo da sentirne il fetore
da un capo all'altro di Londra. Poteva star sicuro
che avrebbe perso amici e reputazione, se ne aveva.
Mentre lo torchiavamo a dovere, però, avevamo il

nostro bel da fare a tenerlo lontano dalle grinfie delle donne infuriate come arpie. Non ho mai visto un girotondo di facce così cariche d'odio; e, al centro, quell'uomo, glaciale col suo nero sogghigno: spaventato, certo, e si vedeva, ma pronto a sfidare il mondo, come fosse Satana in carne e ossa. "Se avete deciso di approfittare di quanto è accaduto, sono ovviamente impotente. Un gentiluomo non desidera altro che evitare scenate. Ditemi la vostra cifra", fa lui. In breve, gli spillammo un centinaio di sterline a favore della famiglia della bambina. Avrebbe voluto cavarsela con molto meno, era chiaro, ma non dovevamo avere un'aria molto amichevole, per cui alla fine cedette. Il passo successivo era riscuotere il denaro. E dove credete che ci abbia portati… se non proprio in questa strada e davanti a questa porta? In fretta e furia si cavò una chiave dalla tasca, entrò e in un attimo fece ritorno con la bellezza di dieci sterline in oro e un assegno a saldo, pagabile al portatore presso la banca Coutts e firmato con un nome… che non vi posso rivelare, benché sia il punto cruciale della mia storia: ad ogni modo, un nome molto conosciuto che si legge spesso sui giornali. La cifra era consistente, ma la firma sarebbe stata garanzia per una somma di gran lunga superiore: a condizione che fosse autentica, s'intende. Mi presi la libertà di far presente al mio galantuomo che l'intera faccenda sapeva di apocrifo[3] e che, nella vita reale, uno non s'infila alle quattro del mattino nella porta di uno scantinato per uscirne con un assegno pari all'ammontare di quasi cento sterline, firmato da qualcun altro. Ma lui, sempre con quel suo ghigno imperturbabile, "Smettetela di preoccuparvi", dice. "Rimarrò con voi fino all'apertura della banca e incasserò l'assegno personalmente". Così tutti insieme, il medico, il padre della bambina, il nostro amico ed io, ci dirigemmo verso la mia abitazione per passarvi il resto della nottata. Il giorno seguente, dopo colazione, ci recammo in drappello alla banca. Consegnai io stesso l'assegno, precisando che avevo i miei buoni motivi per ritenerlo falso. Neanche per sogno! L'assegno era autentico».

«Mah!… mah!».

«Vedo che anche a voi fa lo stesso effetto», disse Enfield. «Sì, è una brutta storia, davvero. Perché il mio uomo è un tipo con cui nessuno vorrebbe avere qualcosa a che spartire, un essere destinato alla dannazione; mentre colui che ha firmato l'assegno è la rispettabilità fatta persona, onorato da tutti per giunta e – più imbarazzante ancora – uno della vostra specie, dedito a fare il bene (qualsiasi cosa voglia dire). Un ricatto, suppongo. A un uomo onesto si estorcono cifre esorbitanti per chissà quale peccato di gioventù. La Casa del Ricatto: da allora, l'ho soprannominata così la casa con quella porta. Il che, come capite, non ci aiuta a chiarire un bel niente», concluse. E, ciò detto, assunse un'aria meditabonda.

Fu Utterson a riscuoterlo con una domanda piuttosto brusca: «Allora, non sapete se abita lì la persona che ha firmato l'assegno?»

«In un posto simile?», replicò Enfield. «No, ho letto di sfuggita il suo indirizzo. Abita in una piazza, ma non ricordo quale».

«E non avete mai chiesto notizie su… sulla casa con quella porta?», proseguì Utterson.

«No, signore. Per una questione di discrezione», fu la risposta. «Sono decisamente contrario a fare domande; è uno stile che mi ricorda troppo il giorno del giudizio. Tu butti lì una domanda, ed è come buttare una pietra. Te ne stai seduto tranquillo sulla cima di una collina e la pietra rotola giù e, a ruota, se ne trascina dietro altre. In men che non si dica, un ignaro vecchietto (l'ultimo a cui avresti pensato) se la vede piovere in testa mentre se ne sta nel suo giardino e tutta la famiglia è costretta a cambiare nome. No, signore, me ne sono fatto una regola di vita: più una faccenda mi pare equivoca e meno domande faccio».

«Ottima regola, sul serio», disse il notaio.

«Tuttavia, ho studiato il posto per conto mio», proseguì Enfield. «Non ha molto di una casa vera e propria. Di porte c'è quella sola, da cui peraltro non si vede mai uscire né entrare anima viva, a parte il galantuomo della mia avventura; e anche lui molto di rado. Al primo piano ci sono tre finestre che affacciano sul cortile; al piano sottostante, neanche una. Le finestre sono pulite ma sempre serrate. E poi c'è un camino che fuma regolarmente, il che significa che qualcuno deve pur viverci. Ma non lo potrei giurare, perché gli edifici sono così addossati tutt'intorno al cortile che non si riesce a distinguere dove finisca l'uno e cominci l'altro».

I due ripresero a camminare ancora per un tratto, in silenzio. «Enfield», disse Utterson, «è proprio una buona regola, la vostra».

«Già, lo credo anch'io», rispose Enfield.

«Ma nonostante tutto, mi preme sapere una cosa in particolare», riprese il notaio. «Mi preme sapere il nome dell'uomo che calpestò la bambina».

«Beh, non vedo che male ci sia a dirvelo», disse Enfield. «Quell'uomo si chiamava Hyde».

«Hum!…», fece Utterson. «E com'è fisicamente?»

«Non è facile da descrivere. C'è qualcosa che non quadra nel suo aspetto; qualcosa di sgradevole, qualcosa di assolutamente respingente. Non ho mai visto un uomo che mi ripugnasse tanto, senza saperne la ragione. Deve avere qualche deformità; insomma, ti dà la netta sensazione di una qualche deformità, ma non si sa dove sia. Una cosa è certa: quell'uomo ha un aspetto fuori dall'ordinario, eppure non saprei indicare un solo particolare anormale. Non so che dire, mi arrendo; non sono in grado di descriverlo. E non per un vuoto di memoria, perché vi assicuro che lo vedo come se lo avessi di fronte a me in questo momento».

Utterson fece ancora qualche passo in silenzio, immerso in riflessioni tutte sue. «Siete proprio certo che abbia usato una chiave?», domandò alla fine.

«Ma…ma…, amico mio…!», balbettò Enfield, al colmo dello stupore.

«Sì, lo so», disse Utterson; «lo so che vi devo sembrare strano. La verità è che non vi ho chiesto il nome dell'altra persona perché lo so già. Vedete, Richard, il vostro racconto mi colpisce personalmente. Per questo, se siete stato impreciso su qualche punto, fareste meglio a correggervi».

«Avreste potuto mettermi sull'avviso, perbacco!», replicò l'altro con una nota di risentimento. «Ma, per dirla a modo vostro, sono stato di una precisione pedantesca. Quel tizio aveva una chiave e, ciò che più conta, ce l'ha ancora. Gliel'ho vista usare di nuovo, non più di una settimana fa».

Utterson sospirò profondamente e non aggiunse una sola parola. Fu il giovane a riprendere dopo qualche minuto. «Ecco un'altra lezione sull'opportunità di tacere», disse. «Mi sono già pentito di non aver tenuto la lingua a freno. Facciamo un patto: non parliamo più di questa storia!».

«Accetto, di tutto cuore», gli rispose il notaio. «Qua la mano, Richard».

In cerca di Mr. Hyde

Utterson era di umore nero, quella sera. Rientrò nel suo appartamento di scapolo e si mise a tavola senza appetito. La domenica dopo cena, aveva l'abitudine di starsene seduto accanto al camino, con un breviario di scarne devozioni sistemato sul leggio, fino a che l'orologio della chiesa vicina non batteva la mezzanotte. Allora se ne andava a letto, sobrio e riconoscente. Quella sera, invece, appena la tavola fu sparecchiata, prese una candela e si ritirò nel suo studio. Qui aprì la cassaforte, ne estrasse dal fondo segreto una busta su cui era vergata la dicitura «Testamento del dottor Jekyll», e sedette accigliato a esaminarne il contenuto.

Il testamento era olografo, in quanto Utterson si era rifiutato di prestare la benché minima assistenza alla sua stesura, limitandosi a prenderlo in consegna una volta redatto. In esso si disponeva che, in caso di decesso di Henry Jekyll – M.D., D.C.L., L.L.D., F.R.S.,[1] ecc. – tutti i suoi averi sarebbero passati nelle mani del suo «amico e benefattore Edward Hyde»; vi si disponeva altresì che, «in caso di scomparsa o inspiegata assenza del dottor Jekyll per un periodo superiore a tre mesi di calendario», il suddetto Edward Hyde sarebbe subentrato in qualità di erede del suddetto Henry Jekyll, senza ulteriore dilazione e esonerato da oneri e obblighi di sorta, fatto salvo il pagamento di piccole somme ai domestici del dottore.

Da tempo ormai questo documento era una vera spina nel fianco, per il notaio. Offendeva in lui sia l'uomo di legge che il cultore della sana normalità della vita, poiché per entrambi ogni capriccio della fantasia equivaleva a una disdicevole mancanza di modestia. Ma, se fino a quel momento ad indignarlo era stato il fatto di non sapere nulla di Hyde, adesso, capovoltesi improvvisamente le cose, lo indignava il fatto di sapere. Era già abbastanza increscioso quando il nome non era che un nome puro e semplice, senza altri particolari; ma era peggio adesso che quel nome cominciava a rivestirsi di odiosi attributi; adesso che, dalla mutevole inconsistenza delle nebbie che si erano troppo a lungo beffate di lui, saltava fuori, fulminante e inequivocabile, il presentimento di un demonio.

"Credevo fosse follia", si disse, mentre riponeva nella cassaforte quelle carte riprovevoli. "Comincio invece a temere che sia disonore". Dopodiché, soffiò sulla candela, s'infilò il pastrano e si avviò in direzione di Cavendish Square, quella cittadella della medicina dove il suo amico, il grande dottor Lanyon, abitava e riceveva la folla dei suoi pazienti. "Se c'è qualcuno che ne può sapere qualcosa, è Lanyon", aveva concluso.

Il solenne maggiordomo, che lo conosceva bene, gli dette il benvenuto e, senza fargli fare anticamera, lo introdusse subito in sala da pranzo dove Lanyon era seduto da solo a centellinare il suo vino. Era un signore con la faccia gioviale e rubiconda della buona salute, un ciuffo di capelli incanutiti prima del tempo e un piglio risoluto ed estroverso. Vedendo entrare Utterson, scattò in piedi e gli andò incontro con le braccia protese. Un'accoglienza calorosa e alquanto plateale, com'era del resto tipico del personaggio, ma radicata in un affetto sincero. Erano vecchi amici, quei due, e vecchi compagni di scuola e di università, tutti e due profondamente rispettosi di se stessi e l'uno dell'altro; e, cosa che non sempre ne consegue, tutti e due profondamente contenti ogni volta che potevano godere della reciproca compagnia.

Avevano chiacchierato qualche minuto del più e del meno, quando il notaio fece cadere il discorso su ciò che tanto penosamente lo assillava.

«Lanyon», cominciò, «tu e io siamo i più vecchi amici di Henry Jekyll, giusto?»

«Preferirei che gli amici fossero più giovani», ridacchiò Lanyon. «Ad ogni modo, suppongo che sia come dici tu. E con questo? Non lo vedo quasi più ormai».

«Davvero? Credevo che vi legassero interessi comuni», disse Utterson.

«Ci legavano, un tempo. Ma risale a più di dieci anni fa», fu la risposta. «Poi Henry Jekyll ha cominciato a vagare troppo con la fantasia, per i miei gusti. S'è guastato; gli si è guastata la testa, voglio dire. Naturalmente, continuo a interessarmi alle sue cose, in nome dell'antica amicizia, come si dice, ma lo vedo pocó e, per la miseria!, voglio vederlo ancora meno. Per colpa di quelle sue scempiaggini pseudoscientifiche…», incalzò il dottore, diventando improvvisamente paonazzo, «avrebbero litigato persino Damone e Pizia!».[2]

Quel piccolo scatto d'ira fu un sollievo per Utterson. "Allora, non si tratta che di divergenze su qualche loro cavillo scientifico", pensò fra sé. Estraneo com'era alla passione per la scienza (tranne che in materia di passaggi di proprietà), finì col concludere: "In fin dei conti, non è così grave come sembra". Lasciò poi all'amico qualche istante per riprendere il controllo di sé e finalmente azzardò la domanda per la quale era andato a trovarlo.

«Ti è mai capitato d'incontrare un… *protégé* di Jekyll… un certo Hyde?», chiese.

«Hyde?», ripeté Lanyon. «No. Mai sentito nominare. Dacché mi ricordo, perlomeno».

Questo fu il bottino di informazioni che il notaio aveva racimolato e che portò con sé nel grande letto scuro in cui si girò e rigirò agitato, fino a che le ore piccole del mattino non cominciarono a crescere. Fu una notte senza requie per la sua mente che si tormentava; si tormentava nel fitto delle tenebre, assediata da mille domande.

Si fecero le sei; le campane della chiesa così opportunamente vicina alla casa di Utterson batterono i rintocchi e lui era ancora lì ad arrovellarsi su quell'enigma, che non sfidava più la sola intelligenza; ora, anche la sua immaginazione ne era coinvolta, o meglio, catturata. Smaniava e, immerso nella spessa oscurità della notte e della camera ovattata dai tendaggi, il racconto di Enfield gli si srotolava davanti agli occhi come una sequenza di immagini proiettate da una lanterna magica. Ecco la distesa infinita di lampioni in una città notturna; ecco la figura di uomo che avanza precipitoso; ora una bambina che corre di ritorno dalla casa del dottore; poi i due che si scontrano e quello Juggernaut

sotto forma umana che la calpesta e passa oltre, in-
curante delle sue urla. E ancora: in una camera da
letto di una dimora signorile, ecco il suo amico che
dorme, sogna e sorride ai suoi sogni; la porta si spa-
lanca, le cortine del letto vengono scostate con
uno strattone, il dormiente riscosso dal sonno e,
guarda!, lì, ritto al suo fianco, l'essere al quale è
stato concesso ogni potere e al cui comando, persino in quell'ora senza vita, l'altro deve levarsi dal
letto e ubbidire.

C'era una figura, la stessa in entrambe le scene,
che ossessionò il notaio tutta la notte. E, se ogni
tanto gli riusciva di assopirsi, era solo per vederla
insinuarsi furtiva dentro case addormentate; o sgu-
sciare via a passi rapidi, sempre più rapidi, in un cre-
scendo parossistico, attraverso i più vasti labirinti
di una città illuminata da lampioni, travolgendo
una bambina a ogni angolo di strada e lasciando-
sela urlante alle spalle. Ma la figura non aveva
volto; neppure in sogno aveva un volto riconosci-
bile o, se ne aveva uno, si disfaceva dinanzi ai suoi
occhi beffandosi di lui. Fu così che in Utterson sorse
e crebbe una curiosità fortissima, incontrollabile
addirittura: guardare in faccia il vero Hyde. Avesse
potuto fissarlo negli occhi anche una sola volta,
pensava, forse il mistero si sarebbe chiarito, dissolto
nel nulla, come in genere succede con le cose mi-
steriose non appena vengono portate alla luce.
Avrebbe potuto, forse, trovare una ragione per
quella strana predilezione (o schiavitù, chiamatela
come vi pare) del suo amico e magari anche per le
sconcertanti clausole del suo testamento. Era comunque una faccia che valeva la pena vedere: la
faccia di uno che non aveva viscere d'uomo; una

41

faccia che aveva dovuto soltanto mostrarsi per suscitare, in un soggetto pur così poco impressionabile come Enfield, un'avversione dura a morire.

Da quel giorno Utterson prese ostinatamente a sorvegliare la porta nella stradina delle botteghe. Al mattino, prima dell'orario d'ufficio; a mezzogiorno, quando il lavoro era tanto e il tempo era poco; di notte, sotto la faccia nebulosa di una luna di città; sempre, con qualsiasi luce e a qualsiasi ora, tra la folla o da solo, il notaio era lì inchiodato al suo posto di guardia.

"Che giochi pure a nascondersi, se vuole", si era detto, "io lo scoverò!".[3]

Alla fine, la sua pazienza fu ricompensata. Era una bella notte tersa, con un sentore di gelo nell'aria; le strade nitide come il pavimento d'una sala da ballo e i lampioni, immobili nell'aria senza vento, disegnavano regolari geometrie di luci e ombre. Verso le dieci, chiuse tutte le botteghe, la stradina era solitaria e silenziosa, nonostante il mormorio soffocato della città che si estendeva tutt'intorno. Si percepivano a distanza i più lievi suoni; i rumori domestici si udivano distintamente dalla strada, e il suono dei passi precedeva la comparsa di chiunque si avvicinasse.

Utterson si trovava da alcuni minuti al solito posto, quando avvertì un leggero, irregolare calpestio farsi sempre più vicino. Nel corso delle sue veglie notturne si era a poco a poco abituato a quell'effetto inquietante dei passi di una persona sola, ancora molto distante, che si stagliavano improvvisi e netti sovrastando il brontolio di sottofondo della città. E tuttavia mai come in quel momento si era bloccato così di colpo per concentrarsi nell'ascolto. Con la superstiziosa, acuta previsione del trionfo, indietreggiò nel varco del cortile.

I passi si avvicinavano veloci e risuonarono tutt'a un tratto più forti appena ebbero svoltato l'angolo della strada. Sporgendosi dal nascondiglio, il notaio poté scorgere subito l'uomo con cui avrebbe dovuto vedersela. Era piccolo, con abiti piuttosto ordinari, e una sola occhiata fu sufficiente, sia pure a quella distanza, per suscitare un senso di ostilità nell'osservatore. In quel momento tagliava la strada diagonalmente, per non perdere tempo, e, puntando dritto alla porta, aveva tirato fuori dalla tasca una chiave come fa uno che se ne sta tornando a casa.

Utterson sbucò dal cortile e, appena quello gli passò dinanzi, gli dette un colpetto sulla spalla. «Il signor Hyde, suppongo?».

Hyde trasalì, inspirando con una specie di sibilo. Se era paura, non durò che un attimo. Senza guardare l'altro in faccia, rispose con fredda padronanza di sé: «Sì, sono io. Cosa volete?»

«Vedo che state rincasando», continuò il notaio. «Sono un vecchio amico del dottor Jekyll: Utterson, di Gaunt Street. Avrete sentito il mio nome, immagino. Pensavo di chiedervi il permesso di farmi entrare, approfittando di questo incontro fortunato».

«Il dottor Jekyll non c'è. È fuori», ribatté Hyde, mentre cercava nervosamente il verso giusto della chiave. E, poi, bruscamente: «Come fate a conoscermi?», gli chiese, sempre evitando di guardarlo.

«Un momento. Prima vorrei un favore da voi», disse Utterson.

«Volentieri», rispose l'altro. «Di che si tratta?»

«Lasciate che vi guardi in faccia».

Hyde parve esitare; poi, come fulminato da un pensiero improvviso, gli si parò di fronte con aria di sfida. I due si fissarono immobili per diversi secondi.

«Va bene così, saprò riconoscervi», disse Utterson. «Mi potrà tornare utile».

«Sì, tutto sommato, è stato un bene esserci incontrati. E, *à propos*, dovreste conservare anche il mio indirizzo», aggiunse Hyde, porgendogli un bigliettino con l'indicazione di una strada di Soho.

"Mio Dio!", si disse Utterson, "che stia già pensando al testamento?". Ma tenne per sé i suoi timori e si limitò a borbottare qualcosa nell'atto di prendere il bigliettino dell'indirizzo.

«E adesso rispondetemi voi», riprese l'altro. «Come fate a conoscermi?»

«Da una descrizione», fu la risposta.

«Descrizione di chi?»

«Abbiamo amici comuni», disse Utterson.

«Amici comuni?», gli fece eco Hyde con voce un po' rauca. «E chi sarebbero?»

«Jekyll, per esempio», disse il notaio.

«Non è vero!», gridò Hyde in un accesso di collera. «Lui non v'ha mai detto nulla! Non vi avrei mai creduto un bugiardo!».

«Su, via. Non sono cose da dirsi!».

L'altro digrignò i denti in una risata selvaggia e, un attimo dopo, aveva già aperto la porta e, con uno scatto sorprendente, si era dileguato all'interno.

Rimasto solo, il notaio non si mosse per un bel po': era il ritratto stesso dell'inquietudine. Poi, lentamente, cominciò a risalire la strada, fermandosi quasi a ogni passo e portandosi la mano alla fronte come chi si macera in un'idea fissa. Camminava, e sempre più il problema che andava esaminando gli si presentava impervio, probabilmente di quelli che non si risolvono. Hyde era pallido e con le proporzioni di un nano; dava un'impressione di deformità senza però mostrare una malformazione precisa; aveva un sorriso repellente; nei suoi confronti si era comportato con un misto perverso di timidezza e impudenza; parlava con voce bassa, spezzata, poco più che un bisbiglio. A considerarli singolarmente, ciascuno di questi elementi giocava a sfavore di Hyde; ma, pur volendoli sommare tutti, non bastavano a spiegare quelle sensazioni a lui sconosciute di disgusto, ribrezzo e paura, che lo assalivano al solo ricordo.

"Dev'esserci dell'altro", si diceva il gentiluomo perplesso. "Anzi, *c'è* dell'altro. Se solo riuscissi a trovare un nome per quella *cosa*! Dio mi perdoni, è veramente un uomo? Non ha qualcosa di... come posso dire?, di un trogloldita? Oppure, sarà la vecchia storia del dottor Fell?[4] O, se invece fosse il mero riflesso di un'anima turpe, che trapassa il suo involucro d'argilla e lo trasfigura? Sì, credo che sia questa la risposta... Oh, povero Jekyll, vecchio amico mio! Se mai si può leggere il marchio di Satana su un volto, è il tuo nuovo amico a portarlo inciso sul suo".

Svoltando l'angolo della strada, si apriva una piazza con eleganti edifici d'epoca, ora in gran parte decaduti e suddivisi in appartamenti o camere date in affitto a gente d'ogni risma e condizione: incisori, architetti, avvocati con pochi scrupoli e agenti di loschi affari. Soltanto una di queste case, la seconda dall'angolo, continuava a essere occupata da un unico proprietario e recava i segni dell'agiatezza e del conforto, visibili anche nell'oscurità che l'avvolgeva, (a parte il chiarore dalla lunetta di vetro sopra la porta d'ingresso). Fu a questa porta che Utterson si fermò e bussò. Un anziano domestico in un'inappuntabile livrea venne ad aprire.

«Il dottor Jekyll è in casa, Poole?», chiese il notaio.

«Vado a vedere, signor Utterson», rispose Poole, introducendo il visitatore in un atrio spazioso e confortevole, dalla volta bassa e il pavimento di pietra, riscaldato da un bel fuoco nel caminetto aperto (come s'usa nelle case di campagna) e arredato con pregevoli armadi di quercia. «Preferite attendere qui accanto al fuoco, o volete che vi faccia luce in sala da pranzo, signore?»

«Attendo qui, grazie», disse il notaio, accostandosi al camino e appoggiandosi all'alto parafuoco. Era rimasto solo in quell'atrio che l'amico Jekyll si era creato a suo gusto e che Utterson stesso elogiava come la stanza più accogliente di tutta Londra. Ma, quella sera, brividi di freddo gli ghiacciavano il sangue. Il volto di Hyde gli rimaneva fisso nella mente e (cosa rara in lui) si sentiva invaso da una specie di nausea e disgusto per la vita; così, la tetraggine gli faceva leggere segnali minacciosi nel riverbero della fiamma sugli armadi levigati e nei sussulti contorti delle ombre sul soffitto. Si vergognò nel provare sollievo alla vista di Poole, rientrato ad annunciargli che il dottor Jekyll non era in casa.

«Poole, ho visto il signor Hyde entrare dalla porta della vecchia sala anatomica», disse. «È normale, in assenza del dottor Jekyll?»

«Del tutto normale, signor Utterson», rispose il domestico. «Il signor Hyde ha la chiave».

«Il vostro padrone deve riporre una grande fiducia in quel giovane, è così?», insisté l'altro, pensieroso.

«Sì, signore, effettivamente», disse Poole. «Abbiamo tutti ricevuto l'ordine di obbedirgli».

«Non mi sembra di aver mai incontrato il signor Hyde, però. O sbaglio?», chiese Utterson.

«Oh, certamente no, signore. Non si ferma mai a pranzo qui», rispose il maggiordomo. «A dire il vero, anche noi lo vediamo molto raramente in quest'ala della casa; entra ed esce passando quasi sempre dal laboratorio».

«Bene, Poole. Buona notte».

«Buona notte, signor Utterson».

Il notaio riprese la strada di casa con un gran peso sul cuore. "Povero Harry Jekyll!", pensò. "Qualcosa mi dice che si è messo nei guai seri. Era esuberante, da giovane. Certo, n'è passato di tempo da allora, ma la legge divina non conosce prescrizioni. Ahimè!, dev'essere proprio così: lo spettro di un antico peccato, il cancro di un disonore nascosto; e la punizione che giunge, *pede claudo*,[5] anni dopo che la memoria ha dimenticato e l'amore di sé ha condonato l'errore". Atterrito da questo pensiero, il notaio si mise a rimuginare sul proprio passato, frugando in ogni angolo della memoria col timore di veder schizzare fuori, come un fantoccio a molla da una scatola, qualche sua antica iniquità. Il suo passato era ragionevolmente limpido: pochi avrebbero potuto sfogliare con minore apprensione il libro della propria vita. Ma, pur se lo avvilivano le molte cose cattive di cui si era macchiato, lo risollevava una parca e trepidante gratitudine per le tante che era stato sul punto di commettere e aveva evitato. E, allora, ritornando alla preoccupazione iniziale, gli si aprì uno spiraglio di speranza. "Questo signorino Hyde", si disse, "deve avere, se solo si indagasse un po' su di lui, i suoi bravi segreti: segreti nerissimi, a giudicare dal suo aspetto, e al cui confronto quelli più bui di Jekyll sarebbero chiari come la luce del sole. Le cose non possono andare avanti così. Mi fa rabbrividire il solo pensiero di questa creatura infernale che s'intrufola come un ladro sino al capezzale di Harry. Povero Harry, che risveglio! E che pericolo, per giunta! Perché se questo Hyde già sospetta dell'esistenza del testamento, fremerà d'impazienza per l'eredità. Sì, è mio dovere intervenire, e alla svelta … purché Jekyll me lo consenta".

"Purché Jekyll me lo consenta", si ripeté, mentre gli tornavano alla mente, chiare come sotto una lastra trasparente, le strane clausole del testamento.

Il dottor Jekyll appariva tranquillo

Per una combinazione a dir poco felice, un paio di settimane più tardi, il dottor Jekyll invitò a una delle sue deliziose cenette cinque o sei dei più vecchi amici, tutte persone intelligenti e rispettabili, oltre che buoni intenditori di vini. Utterson fece in modo di restare per ultimo dopo che gli altri erano andati via e la cosa non risultò insolita; semplicemente una consuetudine che si ripeteva, come molte volte nel passato, giacché là dove Utterson era apprezzato, lo era fino in fondo. Sovente, quando gli ospiti più ridanciani e ciarlieri avevano già oltrepassato la soglia, i padroni di casa pregavano l'ospite discreto e taciturno di trattenersi ancora un po' per godere della sua compagnia, riconciliarsi con la solitudine e, dopo la serata di sfibrante allegria, acquietare la mente nel suo ricco silenzio. Il dottor Jekyll non faceva eccezione a questa regola.

Adesso se ne stava seduto di fronte a Utterson, dall'altro lato del caminetto – un uomo sulla cinquantina, dalla corporatura grande e proporzionata, e un bel viso liscio, forse con qualcosa di sfuggente, ma con tutti segni dell'intelligenza e della gentilezza – e si vedeva bene che nutriva per il notaio un affetto caldo e sincero.

«Volevo parlarti da tempo, Jekyll», cominciò Utterson. «Sai, a proposito di quel tuo testamento».

A un osservatore attento non sarebbe sfuggito il disappunto con cui il dottore aveva accolto l'argomento, per quanto abilmente lo avesse dissimulato.

«Mio povero Utterson», disse con un fare disinvolto, «non sei fortunato ad avere un cliente come me. Non ho mai visto nessuno prendersi tanta pena (e tutto per colpa del mio testamento), se escludiamo quell'incorreggibile di Lanyon, un pedante che se la prende per le mie eresie scientifiche, come le chiama lui. Oh, non mi squadrare in quel modo! Lo so, è una brava persona, un'ottima persona direi, e mi riprometto sempre di frequentarlo di più; ma ciò non toglie che sia un pedante, incompetente e pieno di sé. Lanyon mi ha proprio deluso!»

«Sai bene che non l'ho mai approvato», s'intestardì Utterson, ignorando senza tanti complimenti la digressione.

«Il mio testamento, vuoi dire? Sì, lo so, lo so», rispose il dottore con una certa durezza. «Me l'hai già detto».

«Bene, te lo ripeto di nuovo», proseguì il notaio. «Sono venuto a sapere certe cose sul conto di quel tuo giovane Hyde».

Il bel viso grande di Jekyll dapprima impallidì fino alle labbra e poi s'incupì di un'ombra scura negli occhi.

«Non intendo ascoltare una parola di più», disse. «Eravamo rimasti d'accordo di non ritornare su questa faccenda, mi pare».

«Ma le cose che ho saputo sono abominevoli!», disse Utterson.

«Non cambia nulla... Tu non puoi capire la mia posizione... Mi trovo in una situazione penosa, Utterson», ribatté il dottore con frasi sconnesse, «una situazione strana... molto, molto strana. È un intrico di quelli che non si accomodano con le parole».

«Jekyll, tu mi conosci e sai che di me ti puoi fidare», disse Utterson. «Confidati, dimmi tutto, e stai pur certo che ti aiuterò a venire fuori da questo pasticcio».

«Mio caro Utterson», disse il dottore, «sei gentile, veramente molto gentile, non trovo parole per ringraziarti. Credimi, mi fido ciecamente di te; mi fiderei di te più che di chiunque altro sulla faccia della terra, sì, persino più di me stesso... se avessi scelta. Ma davvero non è come immagini, non è così terribile. Tanto per metterti il cuore in pace, ti dirò una cosa: io posso sbarazzarmi di Hyde quando voglio. Te lo garantisco. E comunque, grazie di nuovo. Ma, Utterson, lasciami aggiungere ancora una parola e sono sicuro che non te la prenderai a male: è una questione privata e perciò, ti prego, lasciala perdere».

Utterson se ne rimase a riflettere qualche minuto, gli occhi fissi sul fuoco.

«Va bene, hai ragione tu. Non ho motivi di dubitarne», disse infine alzandosi.

«E, allora, dal momento che siamo in argomento, per l'ultima volta spero», continuò il dottore, «c'è un punto che vorrei fosse chiaro. Il povero Hyde conta davvero tanto per me. So che vi siete incontrati, me l'ha detto, e temo che sia stato piuttosto sgarbato. Ma, sinceramente, quel giovane conta molto, moltissimo per me. E se io non dovessi esserci più, promettimi, Utterson, che avrai pazienza con lui e che difenderai i suoi diritti legittimi. Sono convinto che lo faresti, se conoscessi la verità. Promettimelo, e mi solleverai di un gran peso».

«Non potrò mai far finta che mi piaccia», disse il notaio.

«Non ti chiedo questo. Ti chiedo solo giustizia», lo implorò Jekyll, posandogli una mano sul braccio. «Ti chiedo solo di essergli d'aiuto, quando non ci sarò più. Fallo per me».

«Va bene», disse Utterson, e un sospiro profondo gli sfuggì dal petto. «Te lo prometto».

L'omicidio Carew

Era trascorso quasi un anno quando, nell'ottobre del 18..., Londra fu sconvolta da un delitto di inaudita ferocia, che fece particolarmente scalpore per l'alto rango della vittima. Pochi i dettagli, e sconcertanti.

Verso le undici, una cameriera, che viveva sola in una casa non lontana dal fiume, era salita nella sua stanza per andarsene a letto. Con le prime ore del mattino la nebbia sarebbe calata ad avviluppare la città, ma a quell'ora il cielo era ancora terso e il vicolo sul quale dava la finestra della stanza era vivamente rischiarato dalla luna piena. Quella ragazza doveva essere un'inguaribile romantica, giacché si era seduta sulla cassapanca sistemata proprio sotto la finestra e se n'era rimasta lì a cullarsi nei suoi sogni ad occhi aperti. Mai – ripeteva fra fiotti di lacrime ogni volta che raccontava la sua esperienza – mai s'era sentita più in pace con se stessa né meglio disposta verso il mondo.

Dunque: mentre se ne stava così seduta, aveva notato un anziano signore, una bella figura coi capelli bianchi, che avanzava su per il vicolo mentre, dalla parte opposta, proveniva un altro signore piuttosto piccolo, al quale sulle prime lei aveva prestato minore attenzione. Quando i due erano giunti sotto la sua finestra, praticamente a portata di voce, il signore più anziano si era avvicinato all'altro facendo un leggero inchino e rivolgendogli la parola con maniere di una cortesia squisita. Quello che aveva da dirgli non doveva essere granché importante: qualcosa come un'informazione sulla via da seguire, a giudicare dai gesti; ma, mentre parlava, la luna gli illuminava il volto e la ragazza lo guardava estasiata per l'innocente benevolenza e la gentilezza di antico stampo che quel volto emanava, seppure adombrato da un che di altero, come di chi ritenga d'aver diritto a un'alta opinione di sé.

Aveva poi spostato lo sguardo sull'altro personaggio e, con sua grande sorpresa, aveva riconosciuto in lui un certo signor Hyde, che una volta aveva visto in casa del suo padrone e che le era riuscito immediatamente antipatico. Costui reggeva in mano un pesante bastone da passeggio col quale giocherellava e, senza mai dare un cenno di risposta, sembrava ascoltare con un'impazienza a stento contenuta. Quand'ecco, di punto in bianco, lo vide infiammarsi di collera, pestare il piede per terra, brandire il bastone; insomma, stando alla descrizione della cameriera, dare in escandescenze come un pazzo. L'anziano gentiluomo fece un passo indietro, con un'espressione sbigottita e insieme alquanto offesa; al che il signor Hyde superò tutti i limiti e, a bastonate, lo stramazzò al suolo. Poi, con il furore di una scimmia, cominciò a calpestarlo e a rovesciare sulla sua vittima una gragnuola di colpi di una tale violenza che udì le ossa spezzarsi e vide il corpo sussultare sul selciato. All'orrore di quella scena e di quei suoni, la cameriera svenne.

Erano le due quando aveva ripreso i sensi e chiamato la polizia. L'assassino si era dileguato da tempo ormai; ma lì in mezzo al vicolo giaceva ancora la sua vittima, orribilmente massacrata. Il bastone con il quale era stato compiuto il misfatto, benché d'un legno raro, molto robusto e pesante, s'era spaccato in due sotto la furia di quella crudeltà insensata: una metà, ridotta in schegge, era rotolata nel rigagnolo vicino; l'altra, senza dubbio, se l'era portata via l'assassino. Sul cadavere erano stati rinvenuti un portamonete e un orologio d'oro, ma non un biglietto da visita né altro documento, salvo una busta sigillata e affrancata, che la vittima probabilmente stava recandosi a spedire. Sulla busta, il nome e l'indirizzo del signor Utterson.

Il notaio era ancora a letto quando gli fu recapitata, la mattina seguente; ma, non appena ebbe dato una scorsa al contenuto e fu informato delle circostanze, sfoderò un cipiglio severo. «Non intendo pronunciarmi fino a quando non avrò visto il cadavere», disse. «Può essere una faccenda maledettamente seria. Abbiate la bontà di aspettare che mi vesta». E, sempre con lo stesso cipiglio severo, si affrettò a far colazione e si fece condurre alla stazione di polizia, dove era stato portato il cadavere. Lo vide nella cella e annuì.

«Sì, lo riconosco», disse. «Mi rincresce dichiarare che si tratta di Sir Danvers Carew».

«Santo cielo! È mai possibile, signore?», si stupì il funzionario. Ma un attimo dopo lo sguardo gli si illuminò di ambizione professionale. «È un delitto che susciterà un grande scalpore», disse. «Voi, forse,

potete darci una mano a rintracciare questo Hyde».
Riferì quindi brevemente ciò che la ragazza aveva
visto e gli mostrò il bastone spezzato.

Solo a udire il nome di Hyde, Utterson si era
sentito accapponare la pelle; ma, quando si trovò
il bastone sotto gli occhi, non ebbe più dubbi: spezzato e ammaccato com'era, quello era un bastone
che lui stesso aveva regalato a Henry Jekyll, molti
anni addietro.

«Questo Hyde è basso di statura?», s'informò.

«Particolarmente basso e dall'aria particolarmente malvagia, da quel che dice la ragazza», rispose il funzionario.

Utterson rifletté un momento; poi, rialzando il
capo: «Se volete venire nella mia carrozza», disse,
«ritengo di potervi condurre a casa sua».

Si erano fatte intanto le nove del mattino, e la
prima nebbia della stagione incombeva bassa come
un immenso drappo color cioccolata, ma il vento
infieriva senza tregua e sbaragliava quei vapori ar-
roccati; così, man mano che la carrozza frusciava
lungo le strade, Utterson catturava un'incredibile
varietà di toni e gradazioni crepuscolari: qui il buio
fondo di una sera inoltrata, là densi bagliori bru-
niti e lividi come guizzi di una misteriosa confla-
grazione; e più oltre, in uno squarcio della nebbia,
un'esile lamina di luce diurna che sbirciava tra il
turbinio di volute.

Striato da questi mutevoli riflessi, lo squallido
quartiere di Soho – con le sue strade fangose, i vagabondi laceri, con i lampioni che nessuno aveva
spento o che qualcuno era tornato ad accendere per
rintuzzare quella nuova funerea incursione dell'o-
scurità – appariva a Utterson il distretto di una città

da incubo. I suoi stessi pensieri, del resto, erano dei più foschi e, ogni volta che lanciava un'occhiata al suo compagno di viaggio, si sentiva lambire dal tocco del terrore che, al cospetto della legge e degli esecutori della legge, non di rado attanaglia anche gli uomini più onesti.

Quando la carrozza si arrestò all'indirizzo indicato, la nebbia si sollevò quel tanto da mostrargli una viuzza desolata, uno spaccio di gin, una bettola francese d'infimo ordine, una rivendita di giornaletti da quattro soldi e di verdure scadenti; parecchi ragazzini cenciosi accovacciati sulle soglie di casa e parecchie donne delle più svariate nazionalità che, chiavi in mano, se ne andavano a farsi il primo bicchierino della mattinata. Un attimo dopo, la nebbia calò di nuovo, bruna come terra d'ombra, e separò Utterson da quel miserabile scenario. Questa dunque era la casa del pupillo di Henry Jekyll, l'erede designato di un quarto di milione di sterline!

Una vecchia dalla faccia d'avorio e i capelli d'argento venne ad aprire la porta. Era una faccia cattiva, stirata dall'ipocrisia, ma i suoi modi erano civili. Sì, disse, il signor Hyde abitava lì, ma al momento non era in casa; era rientrato molto tardi quella notte e, dopo neanche un'ora, era uscito di nuovo; non c'era niente di strano in questo; aveva abitudini assai discontinue e si assentava spesso: infatti l'aveva rivisto solo la notte precedente, dopo quasi due mesi.

«Molto bene. Adesso vorremmo vedere le sue stanze», disse il notaio; ma, siccome la donna non ne voleva sapere di farli entrare, aggiunse: «Allora, sarà meglio che le dica chi è questo signore. È l'ispettore Newcomen, di Scotland Yard».

Un lampo di odiosa felicità balenò nello sguardo della donna.

«Ah! Si è messo nei guai!», esclamò. «Cos'ha combinato?».

Utterson e l'ispettore si scambiarono un'occhiata.

«Non è molto benvoluto, a quanto pare», osservò quest'ultimo. «E adesso, da brava, lasciateci guardare un po' in giro».

Di tutta la casa, che – eccettuata la presenza della vecchia – era disabitata, Hyde si era riservato solo un paio di stanze, arredate peraltro con buon gusto e un certo lusso. Una credenza ben fornita di bottiglie di vino, stoviglie d'argento, tovagliato finissimo; un quadro di valore appeso alla parete, un dono (così immaginò Utterson) di Henry Jekyll, buon intenditore d'arte; e tappeti molto folti con gradevoli sfumature di colore. Dal disordine che vi regnava, però, era evidente che entrambe le stanze erano appena state rovistate in fretta e furia: indumenti sparsi sul pavimento con le tasche rovesciate, cassetti di sicurezza lasciati aperti; e, nel camino, un cumulo di cenere grigia, come se vi fossero state bruciate molte carte. Da quelle ceneri l'ispettore riesumò la costola verde di un libretto di assegni scampato all'azione del fuoco; dietro la porta fu ritrovata l'altra metà del bastone. Visti così confermati tutti i suoi sospetti, l'ispettore si dichiarò soddisfatto. Ancora una visita alla banca, dove risultò che diverse migliaia di sterline erano depositate sul conto dell'assassino, e la sua soddisfazione poté dirsi completa.

«Credete a me, signore, ormai l'ho in pugno!», disse, rivolto a Utterson. «Deve aver proprio perso la testa, altrimenti non avrebbe mai lasciato qui il bastone e, soprattutto, non avrebbe bruciato il libretto d'assegni. Il denaro è tutto per lui, gli può salvare la vita. Verrà alla banca e, a questo punto, non avremo che da aspettarlo lì e, intanto, segnalare i suoi connotati».

La cosa, però, si rivelò tutt'altro che semplice. Quelli che avevano conosciuto Hyde si potevano contare sulle dita di una sola mano – lo stesso padrone della domestica non l'aveva visto più di due volte – e della famiglia nessuna traccia; non era mai stato fotografato; e le descrizioni dei pochi in grado di darne non collimavano, come capita spesso con gli osservatori dilettanti. Solo su un punto erano tutti d'accordo: chi aveva visto il fuggiasco non riusciva a togliersi dalla testa un'impressione di indicibile deformità.

L'incidente della lettera

Soltanto a pomeriggio inoltrato Utterson riuscì a recarsi a casa del dottor Jekyll, dove Poole lo accolse e – passando attraverso i locali di servizio e poi per il cortile che una volta era stato un giardino – lo scortò sollecitamente fino all'edificio che chiamavano laboratorio, oppure sala anatomica. Il dottore aveva acquistato la casa dagli eredi di un celebre chirurgo ma, dal momento che i suoi interessi propendevano più per la chimica che per l'anatomia, aveva adibito a una diversa funzione la costruzione in fondo al giardino.

Era la prima volta che il notaio veniva ricevuto in quella zona riservata della casa. Con curiosità ne osservò la deprimente assenza di finestre e, guardandosi attorno con una spiacevole sensazione di estraneità, attraversò il teatro anatomico, gremito un tempo di studenti avidi di sapere e ora desolatamente silenzioso, con gli strumenti chimici affastellati sui tavoli, il pavimento cosparso di casse, paglia da imballaggio sparpagliata dappertutto, e una luce smorta che s'infiltrava da un lucernaio appannato. A un'estremità della sala, una rampa di scale saliva fino a una porta tappezzata di panno rosso;

oltrepassata anche questa, Utterson venne finalmente introdotto nello studio del dottore. Era una camera spaziosa con tre finestre, polverose e protette da inferriate, che davano sul cortile, e le pareti interamente rivestite di armadietti a vetri; dell'arredamento faceva parte, oltre un tavolo da lavoro, un grande specchio reclinabile. Il fuoco crepitava nel caminetto e sulla mensola era accesa una lampada, poiché la nebbia fittissima rabbuiava persino l'interno delle case.

Lì, accasciato su una poltrona accanto al fuoco, c'era il dottor Jekyll, mortalmente esangue. Non si alzò per andare incontro al visitatore, ma gli tese una mano gelida dandogli il benvenuto con una voce che non sembrava la sua.

«E adesso?», disse Utterson, non appena Poole li ebbe lasciati soli. «Hai sentito la notizia?».

Il dottore fu scosso da un tremito. «C'erano gli strilloni in piazza», disse. «Li ho sentiti dalla sala da pranzo».

«Una cosa, innanzi tutto», disse il notaio. «Carew era mio cliente, ma anche tu lo sei. Ora devo sapere, in modo da regolarmi. Non sarai stato così pazzo da nascondere quell'individuo?»

«Utterson, lo giuro davanti a Dio», gridò il dottore, «giuro davanti a Dio che non lo rivedrò mai più. Ti do la mia parola d'onore che ho chiuso con lui, su questa terra… È tutto finito. E lui, peraltro, non ha bisogno del mio aiuto. Tu non lo conosci come lo conosco io. È al sicuro, perfettamente al sicuro. Ricorda bene le mie parole: non se ne sentirà parlare mai più».

Il notaio lo ascoltava sempre più cupo. Quel tono concitato dell'amico non gli piaceva. «Stai garantendo per lui, mi sembra», disse, «e, per il tuo bene, spero che le cose stiano come tu dici. Se si arrivasse a un processo, il tuo nome salterebbe fuori».

«Sono in grado di garantire per lui e per motivi fondati, ma non posso farne parola con nessuno», riprese Jekyll. «C'è una cosa però sulla quale potresti darmi un consiglio. Ho... io ho ricevuto una lettera, e sono terribilmente incerto se mostrarla alla polizia. Vorrei affidarla a te, Utterson; saprai valutare meglio di me cosa farne e sono sicuro che deciderai con saggezza. Mi fido ciecamente di te».

«Temi forse che possa mettere la polizia sulle sue tracce?», chiese il notaio.

«No», disse l'altro. «Non m'importa che fine faccia Hyde. Ho chiuso con lui, definitivamente, te l'ho detto. Temo piuttosto per la mia reputazione, che questa dannata faccenda ha messo a repentaglio».

Utterson era impensierito: l'egoismo dell'amico lo sorprendeva e, allo stesso tempo, lo risollevava.

«Va bene», disse alla fine, «vediamo questa lettera».

La lettera era scritta con una curiosa grafia verticale e recava la firma di Edward Hyde. Molto in breve, costui ammetteva di aver indegnamente ripagato l'infinita generosità del dottor Jekyll, benefattore dello scrivente; e lo tranquillizzava circa la propria salvezza, avendo mezzi su cui poter contare per mettersi al sicuro.

Al notaio la lettera non dispiacque affatto: gettava sulla relazione fra i due una luce meno allarmante e finì col rimproverarsi d'aver nutrito certi sospetti.

«Hai la busta?», chiese.

«L'ho bruciata», rispose Jekyll, «senza badare a quello che facevo. Ad ogni modo, non c'era timbro postale. Mi è stata recapitata a mano».

«Allora, posso tenerla e dormirci su?», chiese Utterson.

«Decidi tu per me, in piena libertà», fu la risposta. «Oramai, ho perduto ogni fiducia in me stesso».

«Bene, ci penserò», replicò il notaio. «Ma dimmi ancora una cosa: è stato Hyde a importi quella clausola del testamento relativa alla tua scomparsa?».

Il dottore sembrò sul punto di perdere i sensi. Serrò forte le labbra e annuì.

«L'avevo capito», disse Utterson. «Voleva ucciderti. Hai avuto una bella fortuna!».

«Ho avuto ben altro, se è per questo! Ho avuto una lezione, Utterson... O Dio mio, che lezione!», ribatté il dottore in un tono drammatico, coprendosi il volto con le mani.

Uscendo, il notaio si fermò a parlare con Poole. «A proposito», gli disse, «so che oggi vi hanno consegnato una lettera. Chi l'ha portata?». Poole non avrebbe potuto essere più perentorio: non era arrivato niente, se non per posta; «e solo circolari, per la precisione», aggiunse.

A questa notizia i vecchi timori si risvegliarono. Evidentemente, la lettera era stata recapitata alla porta del laboratorio, a meno che non fosse stata scritta nello studio stesso; e, se era andata così, l'intera questione andava considerata sotto tutt'altra luce e trattata con molta più cautela. Mentre proseguiva per la sua strada, dai bordi dei marciapiedi gli strilloni gridavano fino a sgolarsi: «Edizione straordinariaaa!... Orribile delitto! Assassinato un membro del Parlamento!» Ecco l'orazione funebre per un amico e cliente, pensò, non riuscendo a scacciare una certa apprensione per un altro amico e cliente che rischiava d'essere travolto nel vortice di uno scandalo. La decisione che gli toccava prendere era, a dir poco, cruciale e lui, di solito così sicuro di sé, cominciò ad avvertire il bisogno di un consiglio fidato. Se non era in condizione di chiederlo esplicitamente, pensò, poteva carpirlo per altra via.

Poco più tardi, era seduto nella solita poltrona di fianco al caminetto, e, nella poltrona di fronte a sé, c'era il suo primo assistente di studio, il signor Guest; fra di loro, giusto nel mezzo e a una distanza dal fuoco meticolosamente calcolata, una bottiglia speciale di vino, invecchiata a lungo in cantina al riparo dal sole. Fuori, la nebbia continuava a poltrire sulla città sommersa, dove i lampioni luccicavano come tizzoni ardenti e la processione incessante della vita cittadina, soffocata dalla bambagia di quelle nuvole cadute, ancora scorreva lungo le grandi arterie con un rombo di vento impetuoso. Ma, all'interno, la stanza era rallegrata dalla fiamma del caminetto. Nella bottiglia di vino gli acidi si erano dissolti ormai da un pezzo e, col passare delle ore, il porpora imperiale si era fatto più intenso, come le tinte delle vetrate istoriate. La calda luminosità dei pomeriggi autunnali sui vigneti delle colline era pronta a sprigionarsi per dissipare le nebbie di Londra. Impercettibilmente, il notaio si placava.

Con nessun'altra persona aveva meno segreti che con il signor Guest; e, anche con lui, non po-

teva giurare di averne quanti ne avrebbe voluti.
Guest era stato spesso dal dottor Jekyll per ragioni
di lavoro, conosceva Poole ed era assai improbabile che gli fosse sfuggita la familiarità di Hyde con
quella casa. Poteva averne tratto delle conclusioni.
Non era opportuno, allora, fargli vedere quella lettera che avrebbe potuto far chiarezza sul mistero?
Oltre tutto, da grande esperto di grafologia qual
era, lo avrebbe considerato un gesto naturale e dovuto. E, infine, essendo un uomo abile nel consi-
gliare, difficilmente il suo assistente avrebbe letto
un documento così strano senza lasciar cadere
qualche osservazione e, magari, da quella osservazione Utterson avrebbe tratto un suggerimento sul
da farsi.

«Gran brutto affare, questo di Sir Danvers», cominciò.

«Sì, signore, brutto davvero. Ha scosso l'opinione pubblica come pochi altri», replicò Guest.
«Si tratta di un pazzo, ovviamente».

«Mi piacerebbe avere un vostro parere, per l'appunto», riprese Utterson. «Ho qui un documento
scritto di suo pugno. Mi raccomando, che la cosa ri-
manga tra noi, perché non so ancora che farne. Un
affare scabroso, non c'è che dire. Ma eccolo qui,
tutto per voi: l'autografo di un assassino».

Gli occhi gli brillarono e, senza perdere un attimo di tempo, Guest si applicò con passione a esa-
minarlo. «No, non direi un pazzo, signore», concluse. «Ma, certo, una grafia fuori dal normale».

«Come fuori dal normale è la persona cui appartiene», aggiunse il notaio.

Giusto in quel momento entrò il domestico con
un biglietto.

«Viene da parte del dottor Jekyll, signore?», s'informò l'assistente. «Mi è parso di riconoscere la scrittura. Qualcosa di privato, signor Utterson?»

«No, solo un invito a cena. Perché? Volete vederlo?»

«Soltanto un istante, se non vi dispiace. Grazie, signore». L'assistente accostò i due fogli e li confrontò minuziosamente. «Grazie, signore», disse infine, restituendoli entrambi. «Un autografo di enorme interesse».

Nella pausa che seguì Utterson combatté una dura lotta con se stesso. «Perché li avete messi a confronto, Guest?», domandò di getto.

«Vedete, signore», rispose l'assistente, «noto una somiglianza davvero singolare. Le due grafie sono identiche in molti punti, soltanto l'inclinazione è diversa».

«Già, davvero strano», disse Utterson.

«L'avete detto: molto strano», confermò Guest.

«Non farei parola di questa lettera, mi capite?», disse il superiore.

«Capisco bene, signore», disse l'assistente.

Ma, quella sera stessa, non appena si ritrovò solo, Utterson chiuse la lettera in cassaforte, e lì avrebbe riposato da allora in poi, per sempre. "Incredibile!", pensò. "Henry Jekyll che commette un falso per favorire un assassino!". E il sangue gli si gelò nelle vene.

L'incredibile incidente
del dottor Lanyon

Passò del tempo. Per rintracciare colui che aveva commesso l'omicidio di Sir Danvers, vissuto come un affronto all'intera collettività, era stata fissata una taglia di migliaia di sterline. Ma Hyde, svanito nel nulla, sfuggiva alle maglie della polizia come se non fosse mai esistito. Molte cose del suo passato erano intanto risalite a galla, e tutte abominevoli: storie che raccontavano di una crudeltà inveterata, di una vita abietta, di strane compagnie e di un odio che aveva scandito ogni tappa della sua carriera; ma del luogo dove si trovava attualmente, nessuna traccia. Dal momento in cui aveva lasciato la casa di Soho, la mattina del delitto, si era semplicemente eclissato. A poco a poco, Utterson cominciò a liberarsi dell'inquietudine che l'agitava e, con il trascorrere del tempo, a ritrovare un po' dell'antica calma. La morte di Sir Danvers, a suo modo di vedere, era più che compensata dalla scomparsa di Hyde. Ora che quella presenza malefica si era ritirata dalla scena, Jekyll sembrava rinato. Era riemerso dalla sua reclusione, aveva riallacciato i rapporti d'amicizia, era di nuovo il padrone di casa affabile ed ospitale di una volta; e, se in precedenza era stimato per le opere di carità, adesso non lo era meno per lo spirito religioso. Si dava un gran da fare, passava ore all'aria aperta, aiutava il prossimo, e il volto disteso e luminoso rifletteva l'intima certezza di chi è in pace con la propria coscienza. Per oltre due mesi il dottore trovò requie.

L'8 gennaio, Utterson aveva cenato da lui in compagnia di pochi amici, fra cui anche Lanyon, e quella sera Jekyll aveva continuato a far scivolare lo sguardo dall'uno all'altro come ai bei tempi, quando formavano un trio inseparabile. Ma il 12, e poi di nuovo il 14, la porta rimase ostinatamente chiusa per il notaio. «Il dottore è relegato nel suo studio», gli ripeteva Poole, «e non vuole ricevere nessuno». Il 15 aveva tentato di nuovo, e di nuovo era stato respinto. Negli ultimi due mesi s'era talmente abituato a vedere l'amico quasi tutti i giorni che quella regressione alla solitudine lo angustiò terribilmente. La quinta sera invitò Guest a cena e, la successiva, fu lui a recarsi dal dottor Lanyon.

Lì, almeno, non gli fu negato l'accesso. Entrò e, appena lo vide, rimase sconvolto dal cambiamento del dottore. A chiare lettere, gli si leggeva in viso una sentenza di morte. Il colorito roseo si era spento in un cereo pallore, era assai smagrito, più calvo e visibilmente invecchiato; eppure, non furono tanto questi segni di una precipitosa decadenza fisica a impressionare il notaio quanto un non so che nello sguardo e nel modo di fare che gli parvero tradire un terrore senza fondo. Non era verosimile che il dottore temesse la morte, e tuttavia Utterson fu indotto a sospettarlo. "Sì", rifletté, "essendo medico, ha capito le sue condizioni, sa perciò d'avere i giorni contati, e saperlo è più di quanto possa sopportare".

Ma quando Utterson accennò alla sua brutta cera, fu con grande forza d'animo che Lanyon gli dichiarò: «Sono condannato».

«Ho avuto un colpo tremendo, e so che non mi riprenderò», disse. «È questione di settimane, ormai. Tutto sommato, è stata una vita piacevole, la mia; l'ho amata la vita, sissignore, mi piaceva vivere. Ma, qualche volta penso che se sapessimo tutto in anticipo, saremmo più contenti di andarcene».

«Anche Jekyll sta male», osservò Utterson. «L'hai visto?».

Stravolto in viso, Lanyon levò in alto una mano tremante, «Non voglio vederlo mai più, non voglio più sentir parlare del dottor Jekyll!», urlò con voce malferma. «Ho chiuso per sempre con quella persona e, ti prego, risparmiami qualsiasi allusione a un individuo che per me è morto».

«Via, via!», disse Utterson; poi, dopo una lunga pausa, «Posso fare qualcosa per te?», domandò. «Lanyon, siamo amici da troppo tempo, noi tre. Non ci resta da vivere tanto da farcene altri».

«Nessuno può fare niente», rispose Lanyon. «Solo lui sa il perché, chiediglielo».

«Non mi vuole vedere», disse il notaio.

«Non mi sorprende», fu la risposta. «Un giorno, Utterson, dopo che io sarò morto, saprai tutto, dove è il bene e dove è il male in questa storia. Io non posso dirtelo. E intanto, se vuoi rimanere a parlare d'altro, per l'amor di Dio, rimani; ma se non riesci a toglierti dalla testa questa maledetta faccenda, allora, in nome di Dio, va' via perché per me è insopportabile».

Appena rincasato, Utterson scrisse a Jekyll lamentandosi di non essere stato più ricevuto da lui e chiedendo spiegazione dell'infelice rottura con Lanyon. Il giorno seguente gli giunse una lunga risposta, in gran parte patetica nel tono, ma qua e là misteriosa e impenetrabile nel significato. Il litigio con Lanyon era insanabile. «Non voglio per questo biasimare il nostro comune amico», scriveva Jekyll, «ma sono del suo stesso parere: non dobbiamo vederci più. D'ora in poi intendo vivere in completo isolamento; pertanto, non stupirti se la mia porta resterà chiusa anche per te ma non mettere in dubbio la mia amicizia. Lascia che io prosegua per il mio oscuro cammino. Mi sono attirato da solo una punizione e un pericolo che non posso nemmeno nominare. Ma se sono colui che più ha peccato, sono anche colui che più sta soffrendo. Non avrei mai immaginato che questa terra potesse contenere simili sofferenze, terrori che impietriscono. Per alleviare questo mio destino, Utterson, c'è una sola cosa che tu possa fare: rispettare il mio silenzio».

Utterson era sgomento. Hyde si era ritirato dalla scena e, senza la sua maligna influenza, Jekyll era ritornato alle occupazioni e alle amicizie di un tempo; fino a una settimana prima, gli sorrideva la prospettiva di una vecchiaia onorata e serena. E ora, di colpo, le amicizie, la pace dell'anima e l'intero tenore di una vita, tutto naufragava. Un mutamento tanto radicale e imprevedibile si poteva attribuire solo a follia, se le parole e i modi di Lanyon non gli avessero fatto intendere una causa che affondava in più cupe profondità.

Di lì a una settimana il dottor Lanyon fu costretto a mettersi a letto e, in meno di quindici giorni, era morto. A tarda sera, dopo il funerale, al quale aveva partecipato con grande commozione, Utterson si chiuse a chiave nel suo studio e, sedutosi alla scrivania al lume di una malinconica candela, estrasse dal cassetto una busta che tenne davanti a sé. Calligrafia e sigillo erano quelli dell'amico defunto. «PERSONALE: da consegnarsi ESCLUSIVAMENTE nelle mani di G. J. Utterson e, in caso di prematuro decesso di costui, da *distruggersi sigillata*». Questa l'enfatica dicitura sulla busta che intimorì il notaio e lo trattenne dal leggerne il contenuto.

"Ho seppellito un amico, oggi", pensò, "che faccio se ciò che vi è scritto me ne costasse un altro?". Ma biasimò subito la paura come una forma di slealtà e ruppe il sigillo. All'interno trovò un'altra busta, ugualmente sigillata e con la scritta: «Da non aprirsi fino alla morte o alla scomparsa del dottor Henry Jekyll». Utterson non riusciva a credere ai propri occhi. Sì, era scritto proprio *scomparsa*; ancora quella parola, come nel folle testamento che già da tempo aveva restituito al suo autore; e ancora qui l'idea della scomparsa e il nome di Henry Jekyll collegati chissà come. Ma nel testamento quell'idea era nata da un sinistro suggerimento di Hyde, inserita da lui con un proposito fin troppo chiaro e aberrante. Richiamata invece da Lanyon, scritta proprio di suo pugno, cosa poteva significare? Sopraffatto da una fortissima curiosità, colui al quale era stato affidato il testamento provò la tentazione di violare il divieto e arrivare immediatamente al fondo di quei misteri; ma l'onore professionale e il rispetto delle volontà dell'amico defunto erano per lui obblighi morali troppo vincolanti, e il plico tornò a giacere nell'angolo più riposto della sua cassaforte.

Tuttavia, un conto è mortificare la curiosità, un altro è vincerla; ed è lecito dubitare che, da quel giorno in poi, Utterson desiderasse con immutato entusiasmo la compagnia dell'amico superstite. Pensava a lui con affetto, ma i suoi erano pensieri carichi di ansietà e timori. Andava a trovarlo, certo; ma, forse, accoglieva con un sospiro di sollievo i continui rifiuti di accedere in casa; forse, in cuor suo, era più contento di scambiare qualche parola con Poole trattenendosi sulla soglia, all'aria aperta e fra i rumori della città, piuttosto che addentrarsi in quella prigione volontaria per restarsene faccia a faccia da solo con l'imperscrutabile recluso. D'altra parte, Poole non aveva notizie granché confortanti da comunicargli. A quanto pareva, il dottore molto più di prima viveva da recluso nello studio sopra il laboratorio, dove qualche volta rimaneva persino a dormire; lo vedeva depresso, ogni giorno più silenzioso, mai alle prese con un libro. Era come se qualcosa non gli desse tregua. Si abituò talmente alla monotona litania di questi bollettini che, a poco a poco, Utterson diradò la frequenza delle sue visite.

L'incidente della finestra

Capitò una domenica che Utterson ed Enfield, durante una delle loro consuete passeggiate, si ritrovassero a percorrere la stradina delle botteghe e che, giunti di fronte a quella certa porta, si fermassero entrambi a guardarla.

«Bene», disse Enfield, «per fortuna quella storia è finita. Del signor Hyde non sentiremo più parlare».

«Lo spero proprio», disse Utterson. «Vi ho mai detto d'averlo visto anch'io, una volta, e d'aver provato come voi un senso di repulsione?»

«Era impossibile vederlo senza provare quella sensazione», ribatté Enfield. «E, a proposito, che figura d'asino ho fatto con voi! Allora non sapevo che questo è l'ingresso secondario della casa del dottor Jekyll! Se poi l'ho scoperto, è stato un po' per colpa vostra».

«Ah, l'avete scoperto, alla fine?», disse Utterson. «Ma, se è così, perché non ci affacciamo nel cortile per dare un'occhiata alle finestre? Vi confesso che sono molto preoccupato per il povero Jekyll e, chissà, una presenza amica potrebbe fargli bene, sia pure dall'esterno».

Nel cortile, freddo e leggermente umido, si spandeva un crepuscolo prematuro sebbene il cielo, in alto, fosse ancora rischiarato dalla luce del tramonto. Delle tre finestre, quella centrale era aperta a metà; e proprio seduto lì dietro, con il volto segnato da una tristezza infinita, in tutto simile a un prigioniero sconsolato che prenda un po' d'aria, Utterson scorse il dottor Jekyll.

«Ehilà, Jekyll!», gridò. «Stai meglio, spero».

«Mi sento molto giù, Utterson», rispose lugubre il dottore, «molto giù. Ma, grazie a Dio, non durerà a lungo».

«È che te ne stai troppo chiuso in casa», disse il notaio. «Dovresti uscire, riattivare la circolazione; vedi, come facciamo Enfield ed io (ti presento il signor Enfield, mio cugino... Il dottor Jekyll). Su, scendi: prendi il cappello e accompagnaci a fare un giretto».

«Sei molto gentile», sospirò l'altro. «Mi piacerebbe moltissimo, ma no... no, no, è assolutamente impossibile... Non mi azzardo. Sul serio, però, Utterson, sono davvero contento di vederti; credimi, è veramente un grande piacere. Inviterei te e il signor Enfield a salire, se il posto fosse adatto».

«Non importa», disse il notaio con fare conciliante, «vorrà dire che ce ne resteremo un po' a chiacchierare con te da qui».

«È appunto quello che pensavo di proporvi», replicò il dottore con un sorriso. Ma aveva appena pronunciato queste parole che il sorriso gli si smorzò di colpo, distorcendosi in un'espressione di così atroce, disperato terrore che i due gentiluomini, sotto la finestra, si sentirono raggelare. Non la videro che per un attimo quell'espressione, perché la finestra fu richiusa bruscamente; ma quell'attimo era stato più che sufficiente. Ammutoliti, si voltarono e lasciarono il cortile. Sempre in silenzio attraversarono la stradina e fu soltanto quando si erano già inoltrati in una via più ampia, dove anche di domenica c'era qualche segno di vita, che Utterson si girò a guardare il compagno. Pallidi entrambi, riconobbero l'uno nello sguardo dell'altro l'identico orrore.

«Dio ci perdoni! Dio ci perdoni!», disse Utterson.

Enfield si limitò ad annuire col capo, gravemente, e riprese a camminare in silenzio.

L'ultima notte

Una sera dopo cena, Utterson era seduto accanto al caminetto, quando fu colto di sorpresa dalla visita di Poole.

«Santo cielo!, Poole, che ci fate qui?», esclamò. E poi, scrutandolo meglio, aggiunse: «Che vi succede? Il dottore è malato?»

«Signor Utterson», cominciò il maggiordomo, «c'è qualcosa che non va».

«Sedetevi, prima. Ecco, prendete un bicchiere di vino», disse il notaio. «Ora, cercate di calmarvi e raccontatemi tutto per bene».

«Signore, lo sapete che il dottore passa la giornata rintanato nel suo studio», continuò Poole. «Bene, adesso è di nuovo chiuso là dentro, signore, e la cosa non mi piace neanche un poco. Che mi venga un colpo, se mi piace!... Signor Utterson, ho paura».

«Ma, benedetto uomo, spiegatevi meglio», disse il notaio. «Di che cosa avete paura?»

«Ho paura... da una settimana almeno», proseguì imperterrito Poole, ignorando la domanda, «e vi giuro, non ce la faccio più».

L'aspetto del maggiordomo non faceva che dare

conferma alle parole: i suoi modi erano irricono-
scibili e, tranne all'inizio, quando gli aveva comu-
nicato il suo terrore, non aveva più guardato in
faccia il notaio. Anche adesso se ne stava lì, im-
mobile, col bicchiere di vino ancora intatto sulle
ginocchia e lo sguardo inchiodato su un angolo del
pavimento. «Non ce la faccio più», ripeté.

«Coraggio, Poole», disse il notaio. «Capisco che
dovete avere le vostre buone ragioni; capisco anche
che dev'essere accaduto qualcosa di grave. Ma cercate di dirmi di che si tratta».

«Io credo... credo che ci sia di mezzo un delitto
infame!», disse Poole con voce strozzata.

«Un delitto infame!», gridò il notaio spaventato, e perciò più suscettibile del dovuto. «Quale
delitto? Ma che diavolo significa?»

«Non oso dirlo, signore», fu la risposta. «Perché
non mi accompagnate a casa, così vedete voi
stesso?».

L'unica reazione di Utterson fu di alzarsi immediatamente per andare a prendere cappotto e cappello, senza però che gli sfuggisse l'immenso sollievo
comparso sul volto del maggiordomo; se ne stupì, ma
ancor più si stupì vedendo il bicchiere di vino rimasto
intatto, quando Poole lo posò per andargli dietro.

Era una sera di marzo, fredda e ventosa, con una
falce di luna riversa sul dorso come ribaltata dal
vento, e frange di nuvole che fluttuavano diafane
e impalpabili. Difficile parlare con quel vento sfer-
zante che arrossava i volti e sembrava aver spazzato
via tutti i passanti dalle strade insolitamente de-
serte, tanto che Utterson non ricordava di aver mai
visto quella parte di Londra così spopolata. Non
era esattamente ciò che avrebbe desiderato in quel

momento. Mai in vita sua aveva avvertito un bi-sogno altrettanto struggente di vedere i propri si-mili e sentirne la vicinanza, mentre lottava invano dentro di sé per scacciare dalla mente un oppri-mente presagio di sciagura. La piazza, quando vi giunsero, era battuta dal vento e dalla polvere, e gli esili alberi del giardino si contorcevano frustando la cancellata.

Poole, che per tutto il tragitto aveva camminato uno o due passi avanti, si fermò al centro del mar-ciapiede e, malgrado il freddo tagliente, si tolse il cappello per asciugarsi la fronte con un fazzoletto rosso. Ma, per quanto in fretta avesse camminato, non era sudore di fatica quello che si tergeva: erano gocce di chissà quale soffocante angoscia, perché si era fatto bianco in viso e la voce, quando parlò, era rotta e rauca.

«Eccoci arrivati, signore», disse. «Voglia Iddio che non sia successo niente».

«Amen, Poole», disse il notaio.

Dopodiché il maggiordomo bussò con la mag-gior circospezione possibile. La porta si socchiuse appena, per via della catena agganciata, e una voce chiese dall'interno: «Siete voi, Poole?»

«Sì, tutto a posto», rispose Poole. «Aprite».

L'atrio che li accolse era vivamente illuminato, il fuoco ardeva con una fiamma alta e, presso il ca-mino, si era raccolta tutta la servitù, uomini e donne stretti l'uno all'altro come pecore di un gregge. Alla vista di Utterson, una cameriera scoppiò in un pia-gnucolio isterico e la cuoca – gridando «Dio sia be-nedetto, è il signor Utterson!» – gli si lanciò in-contro come se avesse voluto abbracciarlo.

«E allora? Che fate tutti qui?», disse il notaio con

un'aria di rimprovero. «È una cosa inaudita! Davvero sconveniente! Al vostro padrone non farebbe certo piacere!»

«Sono terrorizzati», disse Poole.

Seguì un silenzio di tomba, nessuno osò protestare; solo la cameriera, che continuava a piangere, proruppe in singhiozzi ancora più forti.

«E smettila!», le ordinò Poole, con una intonazione cattiva che tradiva i suoi nervi scoperti; del resto, non era diverso per gli altri dal momento che, quando la ragazza era scoppiata in un pianto più fragoroso, s'erano voltati tutti di scatto verso la porta interna con i volti contratti in un'attesa atterrita.

«Tu, passami una candela», continuò il maggiordomo rivolgendosi allo sguattero, «e noi vediamo di venire a capo di questa faccenda», disse e pregò Utterson di seguirlo, facendogli strada verso il giardino sul retro.

«Ora, signore, venite avanti piano, più piano che potete», disse. «Voglio che riusciate a sentire, senza essere sentito. E, mi raccomando, signore: se per caso vi chiedesse di entrare, non fatelo».

A quell'inaspettata conclusione, Utterson trasalì con un sobbalzo che a momenti gli fece perdere l'equilibrio; ma ugualmente raccolse quanto coraggio aveva in corpo e seguì il maggiordomo nell'edificio del laboratorio, poi attraverso la sala anatomica con la sua confusione di casse e bottiglie, fino ai piedi della scala. Qui Poole gli fece segno di tirarsi un po' in disparte e restare in ascolto; intanto lui, posata la candela e chiamando a raccolta tutta la propria forza d'animo con un evidentissimo appello, salì i gradini e bussò con la mano esitante alla porta tappezzata di panno rosso.

«Signore, il signor Utterson chiede di vedervi», annunciò, mentre con cenni molto energici sollecitava il notaio a tendere l'orecchio.

Dall'interno rispose una voce lamentosa. «Ditegli che non posso vedere nessuno».

«Grazie, signore», disse Poole, quasi con una nota di trionfo; e, recuperata la candela, ricondusse il notaio attraverso il cortile e l'ampia cucina, dove il fuoco era spento e gli scarafaggi scorrazzavano sul pavimento.

«Signore», disse guardando Utterson dritto negli occhi, «era la voce del mio padrone, secondo voi?»

«Assai cambiata, mi sembra», rispose il notaio che, pur pallidissimo, resse fermamente lo sguardo dell'altro.

«Cambiata? Ah! Lo credo bene!», disse il maggiordomo. «Dopo vent'anni passati nella casa di quell'uomo posso forse ingannarmi sulla sua voce? Nossignore! Il mio padrone è stato fatto fuori! È stato fatto fuori almeno otto giorni fa, quando l'abbiamo sentito gridare e invocare il nome di Dio. E allora, *chi* c'è al posto suo e *perché* se ne sta là dentro? Questa è cosa che grida vendetta al cielo, signor Utterson!».

«D'accordo, Poole, è una storia molto strana; direi anzi una storia pazzesca, vecchio mio», replicò Utterson mordendosi un dito. «Supponiamo che sia come... supponete voi; cioè, supponiamo che il dottor Jekyll sia stato... be', diciamo, assassinato, quale ragione potrebbe indurre l'assassino a non muoversi di lì? No, non sta in piedi, è contro ogni logica».

«Signor Utterson, siete veramente una persona

difficile da convincere! Ma ci proverò ancora», disse Poole. «Dovete sapere che per tutta la scorsa settimana lui, o chiunque sia... insomma, quella cosa che è chiusa nello studio, non ha fatto che urlare notte e giorno chiedendo una certa medicina che non riuscivamo a trovargli come voleva. Anche lui – il mio padrone, voglio dire – ricorreva qualche volta al sistema di scrivere i suoi ordini su un foglietto di carta, che lanciava poi sulla scala. Ma questa settimana non abbiamo visto altro; niente altro che carte, una porta sbarrata e i vassoi dei pasti lasciati lì e ritirati poi di soppiatto, quando nessuno se ne poteva accorgere. Ebbene, signore, ogni giorno, sì, e anche due o tre volte nella stessa giornata, ci sono stati solo ordini e lagnanze, e io dovevo correre avanti e indietro per tutte le farmacie della città. Ogni volta gli portavo la roba che aveva chiesto e ogni volta trovavo un altro foglietto che mi diceva di restituirla perché non era pura, e ancora un'altra ordinazione destinata a una farmacia diversa. Deve averne un bisogno disperato, signore, a qualsiasi uso quella sostanza gli serva».

«Avete ancora uno di quei foglietti?», chiese Utterson.

Poole si rovistò nelle tasche e tirò fuori un pezzo di carta spiegazzato che il notaio, chinandosi più vicino alla luce della candela, esaminò con la massima attenzione. Vi era scritto: «Il dottor Jekyll porge i suoi rispetti ai Sigg. Maw. Fa rilevare che l'ultimo campione da loro inviato era impuro e del tutto inservibile allo scopo. Nell'anno 18..., il dottor Jekyll acquistò dai Sigg. Maw una considerevole quantità della sostanza in questione. Li prega pertanto di verificare con la cura più scrupolosa se ne sia rimasta della medesima qualità, e di fargliela pervenire immediatamente. Il dottor Jekyll non fa questione di prezzo; per lui è di importanza vitale». E fin qui la lettera scorreva con una grafia accettabile; ma a questo punto l'emozione doveva avergli preso la mano e, con un improvviso scatto della penna, lo scrivente aggiungeva: «Per amor di Dio, trovatemene ancora un po'!».

«Che strana lettera!», disse Utterson e poi, con una certa durezza: «Come mai l'avete aperta?»

«Il commesso di Maw ha perso la pazienza, signore, e me l'ha tirata dietro come fosse carta straccia», rispose Poole.

«Non c'è dubbio, è la scrittura del dottore. Vedete?», riprese il notaio.

«Pareva anche a me che somigliasse», ribatté il domestico un po' piccato; e poi, con voce alterata: «Ma cosa volete che conti la scrittura?», disse. «Io ho visto *lui*!».

«Visto... lui?», ripeté Utterson. «E allora?»

«Ecco, l'ho detto!», esclamò Poole. «Allora, è andata così. Un giorno sono entrato nella sala anatomica, venendo dal giardino. Probabilmente lui non se l'aspettava ed era sgattaiolato fuori per cercare la sua medicina, o quel che è, perché la porta dello studio era aperta e lui era là, in fondo alla stanza, che frugava nelle casse. Ha alzato la testa quando mi ha visto entrare e, con una specie di grido, è schizzato su per le scale scomparendo nello studio. L'ho visto solo per un minuto, ma mi si sono rizzati i capelli sulla testa, dritti come aculei! Ditemi voi, signore: se quello era il mio padrone, perché aveva una maschera sulla faccia? Se era il mio padrone, perché a vedermi è scappato via squittendo come un topo? L'ho servito fedelmente tanti anni, e ora...». Non riuscì a proseguire, e si passò una mano sul viso.

«È un insieme di circostanze molto... molto strane», disse Utterson, «ma credo di cominciare a vederci chiaro. Il vostro padrone, Poole, è stato evidentemente colpito da una di quelle malattie che non solo torturano chi ne è affetto, ma lo deformano; da qui, per quanto ne so, la voce contraffatta; da qui, la necessità di portare una maschera ed evitare gli amici; da qui, la frenesia di trovare a tutti i costi quella medicina a cui, poveretto!, deve aver affidato l'ultima speranza di guarigione... e Dio voglia che sia così! Questa è la mia spiegazione, Poole. Molto triste, lo so, e anche agghiacciante per certi versi, ma è la più semplice e naturale, alla fine di tutto: fa quadrare le cose e ci libera da paure esagerate».

«Signore...!», disse il maggiordomo accaldandosi in un rossore a chiazze, «quella *cosa* non era il mio padrone! Ecco la sacrosanta verità. Il mio padrone...», e qui si guardò intorno riducendo la voce a un bisbiglio, «è alto e ben proporzionato, e quello, invece, era una specie di nano!».

Utterson accennò a una protesta.

«Ma, insomma, signore!», gridò Poole, «credete che non sappia riconoscere il mio padrone dopo vent'anni? Credete che non sappia dove arriva con la testa, passando per la porta dello studio in cui l'ho visto entrare ogni benedetta mattina della mia vita? No, signore, quella cosa con la maschera non era il dottor Jekyll... Dio solo sa che cos'è, ma di sicuro non era il dottor Jekyll! Il cuore mi dice che lì dentro è stato commesso un omicidio».

«Poole», disse il notaio, «se siete così convinto, è mio dovere accertarmene. Per quanto io desideri rispettare le volontà del vostro padrone e, per quanto mi lasci perplesso questa lettera, che sembra dimostrare che è ancora vivo, ritengo mio dovere abbattere quella porta».

«Alla buon'ora, signor Utterson! Così si parla!», gridò il maggiordomo.

«E adesso veniamo ad un altro problema», proseguì Utterson. «A chi toccherà buttarla giù?»

«A voi e a me, signore. Insieme», fu la risposta impavida.

«Ben detto!», replicò il notaio, «e qualunque cosa accada, Poole, farò in modo che non siate voi a rimetterci».

«Nella sala anatomica c'è un'ascia», continuò Poole, «io prendo quella e voi prendete l'attizzatoio dalla cucina».

Afferrando quello strumento rozzo e massiccio, Utterson lo soppesò fra le mani. «Vi rendete conto, Poole», disse alzando lo sguardo su di lui, «che voi e io stiamo per cacciarci in una situazione pericolosa?»

«Lo so bene, signore», rispose il maggiordomo.

«Allora, sarà meglio parlarci francamente», disse l'altro. «Tutti e due pensiamo cose che non ci siamo detti. È il momento di scoprire le carte. Quella figura mascherata, l'avete riconosciuta?»

«Be', signore, è corsa via così in fretta e così rattrappita su se stessa che non potrei giurarci», fu la risposta. «Ma se mi state chiedendo se quello poteva essere il signor Hyde... sì, penso proprio che fosse lui! Vedete, era della sua stessa corporatura, più o meno, e aveva lo stesso modo di muoversi, leggero e veloce; e, poi, chi altro poteva entrare dalla porta del laboratorio? Non dobbiamo dimenticare, signore, che all'epoca del delitto Danvers lui era ancora in possesso della chiave. Ma non è tutto. Non so se voi, signor Utterson, avete mai incontrato il signor Hyde».

«Sì, gli ho parlato una volta», disse il notaio.

«Allora vi sarete accorto, come ci siamo accorti tutti qui, che c'è in lui qualcosa di innaturale... qualcosa che ti scuote dentro... non so come spiegarlo in un altro modo... una sensazione di gelo che ti penetra sottilmente fin nelle midolla».

«È vero, ho provato anch'io una sensazione del genere», disse Utterson.

«Ci capiamo, quindi», riprese Poole. «Così, quando vidi quella cosa mascherata saltare come una scimmia fra gli apparecchi chimici e schizzare via nello studio, mi sentii correre lungo tutta la schiena un brivido gelato. Oh, non è una prova, lo so bene; ho letto abbastanza da capirlo anch'io. Ma ciò che uno sente conterà pure qualcosa..., e io posso giurarvi sulla Bibbia che quello era il signor Hyde!».

«Va bene, va bene», disse il notaio. «I nostri sospetti coincidono. In nome del male, temo, era stato stretto quel legame..., e solo male poteva venirne. Sì, ormai vi credo; credo che il povero Harry sia stato ucciso, come credo che il suo assassino se ne stia nascosto nella stanza della sua vittima (e per quale scopo, lo sa solo Dio!). Ebbene, che il nostro nome sia Vendetta! Fate venire Bradshaw».

Il cameriere si presentò, nervoso e pallidissimo.

«Mantenete i nervi saldi, Bradshaw», gli disse il notaio. «Questa tensione vi sta mettendo tutti a dura prova, lo capisco, ma abbiamo deciso di farla finita. Poole e io andremo a forzare la porta dello studio. Se si tratta di un errore, ho spalle abbastanza larghe per accollarmene la colpa. Nel caso, invece, sia realmente accaduto qualcosa di grave e il malvivente cerchi di svignarsela dal retro, voi e lo sguattero vi farete trovare di guardia alla porta del laboratorio con un paio di bei bastoni. Adesso fate il giro della casa, vi diamo dieci minuti per raggiungere la vostra postazione», concluse il notaio, controllando l'orologio mentre Bradshaw si allontanava.

«E ora, Poole, tocca a noi», disse e, con l'attizzatoio sotto il braccio, lo precedette nel cortile.

Nuvole più dense avevano intanto velato la luna ed era calato il buio. Ad ogni raffica di vento, che irrompeva in quel pozzo profondo scavato fra gli edifici, la fiamma della candela vacillava oscurando i loro passi; finché, giunti al riparo nel laboratorio, sedettero muti ad aspettare. Tutt'intorno, in lontananza, Londra mugugnava con sussiego ma, più vicino, un rumore di passi rompeva il silenzio: passi che battevano incessanti, avanti e indietro, sul pavimento dello studio.

«Cammina così tutto il giorno, signore», sussurrò Poole, «sì, e anche buona parte della notte. Soltanto quando gli arriva un nuovo campione dalla farmacia ha un po' di tregua. È la cattiva coscienza che gli è nemica e non gli dà pace! È il sangue empiamente versato a muovere ognuno di quei passi! Ma avvicinatevi signore, e ascoltate di nuovo. Metteteci tutta l'anima, signor Utterson, e ditemi: è l'andatura del dottore questa?».

Erano passi insolitamente leggeri, che seguivano

una certa cadenza pur nella loro lentezza: in effetti, ben diversi da quelli pesanti di Henry Jekyll che facevano cigolare l'impiantito.

«C'è stato dell'altro in questo periodo?», chiese Utterson, con un sospiro.

Poole annuì. «Una volta», rispose, «una volta l'ho sentito piangere».

«Piangere? Come?», domandò il notaio, non senza avvertire un nuovo brivido d'orrore.

«Piangere come una donna, o come un'anima perduta», disse il maggiordomo. «Mi allontanai con il cuore così gonfio che mi sarei messo a piangere anch'io».

Intanto i dieci minuti erano quasi passati. Poole estrasse l'ascia da sotto un mucchio di paglia da imballaggio, la candela venne sistemata sul tavolo più vicino in modo che facesse un po' di luce durante l'assalto; e poi, trattenendo il fiato, tutti e due si accostarono sempre più a quei passi instancabili, che andavano su e giù, su e giù, nel silenzio della notte.

«Jekyll!», gridò forte Utterson. «Chiedo di vederti!». Una pausa, nessuna risposta. «Ti avverto con le buone, abbiamo sospetti fondati», proseguì. «Devo vederti, e ti vedrò. Con le buone o con le cattive... con il tuo consenso o a viva forza!».

«Utterson, per l'amor di Dio», disse la voce, «abbi pietà!».

«Ah, questa non è la voce di Jekyll... è la voce di Hyde!», urlò Utterson. «Giù quella porta, Poole!».

Poole brandì l'ascia sollevandola fin sopra le spalle; al primo colpo, l'intero edificio vibrò e la porta tappezzata di rosso fu quasi sbalzata dai cardini e dalla serratura. Dall'interno si levò un gemito straziante, un gemito di bestia atterrita. Di nuovo l'ascia si sollevò, e di nuovo i pannelli scricchiolarono e l'intelaiatura sobbalzò. Altri quattro colpi si abbatterono inutilmente sul legno massiccio e sulle cerniere di eccellente fattura, ma fu soltanto al quinto tentativo che la serratura saltò in aria mentre la porta si schiantava a pezzi sul tappeto, all'interno della stanza.

Come paralizzati dal silenzio assoluto che seguì al loro terrificante frastuono, gli assedianti, timorosi, si tennero un poco indietro prima di sbirciare dentro. Ai loro occhi si presentò la scena di uno studio con la lampada accesa, un bel fuoco che scoppiettava vivace nel caminetto, la teiera che gorgogliava il suo tenue motivetto, due o tre cassetti aperti, le carte ben in ordine sulla scrivania e, accanto al fuoco, tutto il necessario per il tè. La stanza più tranquilla di Londra, avreste detto, e – se non fosse stato per gli armadietti a vetri stracolmi di apparecchi chimici – la più comune, quella notte.

Ma lì, nel mezzo della stanza, giaceva il corpo di un uomo orribilmente contorto, ancora scosso dagli spasimi dell'agonia. Gli si accostarono in punta di piedi, lo rigirarono sulla schiena, e videro… Edward Hyde! Indossava abiti troppo grandi per lui, abiti della taglia di Jekyll; i muscoli del viso si contraevano ancora come a dare segni di vita, ma la vita se n'era andata, ormai. E, dalla fiala in frantumi che stringeva nella mano e dall'odore acre di mandorle amare che aleggiava nell'aria, Utterson capì che quello era il corpo di un uomo che si era tolto la vita di sua volontà.

«Siamo arrivati troppo tardi», disse in tono severo, «sia per salvare che per punire. Hyde è andato alla resa dei conti. Non ci resta adesso che ritrovare il corpo del tuo padrone, Poole».

Gran parte dell'edificio era destinato alla sala anatomica, che occupava quasi interamente il pianterreno e prendeva luce dall'alto, mentre allo studio, che affacciava sul cortile, era riservato il piano superiore. Al corridoio, che collegava la sala anatomica con l'ingresso laterale sulla stradina, si poteva accedere direttamente dallo studio mediante una scala indipendente. Vi erano inoltre alcuni sgabuzzini bui e una spaziosa cantina. Ciascuno di questi locali venne perlustrato da cima a fondo. Per gli sgabuzzini, un'occhiata fu più che sufficiente perché erano tutti vuoti e, a giudicare dalla polvere che cadeva dalle porte, nessuno li aveva più aperti da un bel po' di tempo. La cantina, al contrario, era zeppa di arnesi inverosimili, ammassati dai tempi del chirurgo che aveva preceduto Jekyll in quella casa. Ma, già aprendo la porta, la caduta di una matassa perfetta di ragnatele, che aveva sigillato per anni l'ingresso, convinse i due dell'inutilità di proseguire le loro ricerche in quel luogo. Di Jekyll, vivo o morto, nessuna traccia, da nessuna parte.

Poole tastò col piede le lastre del corridoio. «Deve essere seppellito qui sotto», disse, cercando di captarne il suono.

«Oppure, può essere fuggito di là», continuò Utterson, voltandosi per andare a esaminare la porta che dava sulla stradina laterale. Era sprangata e per terra lì vicino c'era la chiave, macchiata di ruggine.

«Non sembra che sia stata usata di recente», osservò il notaio.

«Usata?», gli fece eco Poole. «Ma non vedete, signore, che è rotta? Sembra che sia stata pestata con tutte le forze».

«Già», proseguì Utterson, «e anche nelle spaccature è arrugginita». I due uomini si scambiarono uno sguardo atterrito. «Questo è troppo per me», disse il notaio. «Torniamo nello studio, Poole».

Risalirono la scala in silenzio e, lanciando di tanto in tanto un'occhiata apprensiva al cadavere, procedettero a un'ispezione più accurata di tutto ciò che si trovava nello studio. Su un tavolo c'erano ancora tracce di un esperimento chimico, con diverse dosi di un sale bianco già distribuite a mucchietti su piattini di vetro, come se quello sventurato fosse stato costretto a interromperne la preparazione.

«Ecco la polvere che gli procuravo di continuo», stava dicendo Poole quando, all'improvviso, l'acqua della teiera traboccò facendoli trasalire. Il rumore li attirò verso l'angolo del camino, dove una poltrona era comodamente accostata a un tavolino con il necessario per il tè a portata di mano e lo zucchero già versato nella tazza. Da uno scaffale pieno di libri ne era stato preso uno, rimasto aperto sul tavolino da tè: era un testo religioso, che in più di un'occasione Jekyll gli aveva detto di apprezzare, e sul quale, scritte di suo pugno, Utterson lesse, incredulo, le più ingiuriose bestemmie.

Proseguendo nella loro ispezione, i due arrivarono davanti allo specchio reclinabile: non avrebbero voluto, ma si fermarono inorriditi a scrutarne l'abisso. In realtà, era inclinato in modo tale da riflettere solo i bagliori rosati che si rincorrevano sul soffitto, i riverberi della fiamma cento volte moltiplicati sui vetri degli armadi e i loro stessi volti, pal-

93

lidi e spaventati, che si protendevano a guardare.

«Questo specchio deve aver visto cose ben strane, signore», bisbigliò Poole.

«Ma nessuna più strana della sua presenza qui», gli fece eco il notaio bisbigliando anche lui. «Perché mai Jekyll...», ma s'interruppe trasalendo a quel nome, poi vincendo l'attimo di debolezza, continuò: «perché mai Jekyll ne aveva bisogno qui?»

«È quello che mi domando anch'io», rispose Poole.

Passarono poi alla scrivania. Sul ripiano, in cima a una pila di carte ben ordinate, c'era un grosso plico su cui il dottore aveva scritto di suo pugno il nome di Utterson. Il notaio l'aprì e diversi fogli si sparsero per terra. Il primo, un testamento redatto negli stessi termini eccentrici di quello che gli aveva restituito sei mesi prima, doveva servire da attestato delle sue ultime volontà, in caso di morte, e da atto di donazione in caso di scomparsa. Ma, al posto del nome di Edward Hyde, il notaio lesse, con un indescrivibile sbalordimento, il nome di Gabriel John Utterson. Guardò Poole, poi di nuovo il foglio e per ultimo il cadavere steso sul tappeto.

«Ho le idee confuse», disse. «Ha avuto il documento a sua disposizione tutti questi giorni..., io certamente non gli piacevo..., si deve essere infuriato nel vedersi spossessato... e, con tutto ciò, non l'ha distrutto!».

Raccolse l'altro foglio. Era un breve biglietto, sempre di pugno del dottore, con in cima la data di quello stesso giorno. «Oh, Poole», gridò il notaio, «era ancora vivo oggi, ed era qui! Non può essere stato eliminato in così poco tempo! Deve essere ancora vivo, deve essere fuggito! Ma perché è fuggito?

E come? E, in tal caso, possiamo ritenere per certo che il cadavere sia quello di un suicida? Oh, dobbiamo essere molto, molto prudenti. Non possiamo rischiare di coinvolgere il vostro padrone in una catastrofe irreparabile!»

«Perché non leggete il biglietto, signore?», chiese Poole.

«Perché ho paura», rispose il notaio con un tono grave. «Ma voglia Iddio che non ce ne sia motivo!». E, così dicendo, si accostò il foglio agli occhi e lesse:

Mio caro Utterson,

quando avrai fra le mani questo biglietto, io sarò scomparso: non ho capacità di prevedere in quali circostanze, ma l'istinto e la mia stessa indicibile situazione mi fanno capire che la fine è certa, e imminente ormai. Pertanto, leggi prima la relazione che Lanyon mi assicurò di averti consegnato; e, se ti preme saperne di più, leggi la confessione del tuo indegno e disperato amico,

HENRY JEKYLL

«Non c'era una terza busta?», chiese Utterson.

«È qui, signore», disse Poole, porgendogli un plico voluminoso sigillato in diversi punti.

Il notaio lo infilò in tasca. «Non parlate a nessuno di questo biglietto. Che il vostro padrone sia fuggito o morto, siamo tenuti a salvargli almeno la reputazione. Sono le dieci. Vado a casa a leggere questi documenti con la calma necessaria. Sarò di ritorno prima di mezzanotte, e allora penseremo ad avvertire la polizia».

Uscirono, e si chiusero alle spalle la porta della sala anatomica. Lasciando la servitù ancora raggruppata intorno al camino nell'atrio, Utterson s'incamminò stancamente verso casa per leggere le due relazioni che gli avrebbero svelato il mistero.

Il racconto del dottor Lanyon

Il nove gennaio, quattro giorni fa, ricevetti con la posta del pomeriggio una lettera raccomandata. Dall'indirizzo sulla busta riconobbi la grafia del mio collega e vecchio compagno di scuola, Henry Jekyll, e ne rimasi parecchio sorpreso, poiché non avevamo l'abitudine di intrattenere rapporti epistolari. L'avevo visto la sera precedente, peraltro, e avevamo anche cenato insieme, per cui non riuscivo a immaginare cosa potesse essere intervenuto, nel frattempo, da giustificare la formalità di una raccomandata. Il contenuto della lettera non fece che accrescere il mio stupore. Ecco cosa vi era scritto:

10 dicembre, 18...[1]

Caro Lanyon,

tu sei uno dei miei più vecchi amici e, malgrado le divergenze scientifiche che a volte ci hanno allontanati, non ricordo che si sia mai spezzato, almeno da parte mia, il vincolo d'affetto che ci legava. Non c'è stato un solo giorno in cui, se mi avessi detto: «Jekyll, la mia vita, il mio onore, la mia stessa ragione dipendono da te», io non sarei stato pronto a sacri-

ficare i miei beni o la mia mano destra per venirti in
aiuto. Ora, Lanyon, la mia vita, il mio onore, la mia
ragione sono interamente affidati a te. Se mi vieni
meno questa sera, sono perduto. Da questa premessa
sarai forse portato a supporre che io stia per chiederti
qualcosa di disonorevole. Lascio giudicare a te.

Innanzitutto, ti chiedo di rinviare ogni impegno
per questa notte – sì, fosse pure un imperatore a con-
vocarti al suo capezzale! Noleggia una vettura di
piazza, a meno che la tua carrozza non sia già alla
porta, e recati immediatamente a casa mia, con
questa lettera di istruzioni a portata di mano. Poole,
il mio maggiordomo, avrà già ricevuto ordini precisi
e si farà trovare ad aspettarti insieme a un fabbro, che
s'incaricherà di forzare la porta del mio studio. A quel
punto, sarai tu solo ad entrare. Aprirai l'armadietto
a vetri che sta sulla sinistra (lettera E), rompendo la
serratura nel caso fosse chiusa, e sfilerai, con tutto il
suo contenuto così com'è, il quarto cassetto dall'alto,
ovvero (il che è lo stesso) il terzo dal basso. Nello
stato di confusione mentale in cui mi trovo, mi os-
sessiona il timore di darti indicazioni sbagliate; ma,
anche se mi sbagliassi, riconoscerai il cassetto da ciò
che contiene: alcune polveri, una fiala e un quaderno. Questo cassetto (ti ripeto, esattamente come
lo trovi), dovrai portarlo a casa tua, in Cavendish
Square.

Qui finisce la prima parte dell'incarico. Passiamo
adesso alla seconda parte. Se ti sarai mosso appena
avrai ricevuto questa lettera, dovresti essere di ritorno molto prima di mezzanotte. Ti lascio comunque un certo margine di tempo, non solo nel timore di eventuali ostacoli che non sono in grado di
prevedere né evitare, ma anche perché, data la na-

tura di quanto ti resterà da fare, sarebbe preferibile attendere l'ora in cui la servitù sia andata a dormire.

A mezzanotte, dunque, ti chiedo di farti trovare da solo nel tuo ambulatorio per ricevere di persona un uomo che si presenterà a mio nome e al quale consegnerai il cassetto prelevato dal mio studio. Con ciò, la tua parte sarà conclusa e ti sarai guadagnato la mia sconfinata gratitudine. Solo cinque minuti dopo, se ancora ci terrai a una spiegazione, ti sarà dato capire la capitale importanza di queste mie disposizioni: per quanto fantasiose possano sembrarti, trascurarne anche una sola significherebbe per te avere sulla coscienza la mia morte o il naufragio della mia mente.

Benché abbia fiducia in te, il cuore mi manca e le mani mi tremano al solo pensiero che tu possa prendere alla leggera il mio appello. Pensa a me, Lanyon; pensa a me in quest'ora e in uno strano luogo, dilaniato da un'angoscia tenebrosa quale nessuna immaginazione umana riuscirebbe a concepire; sorretto tuttavia dalla speranza che, se mi verrai in aiuto, tutte le mie pene si dissolveranno, come si dissolvono i fantasmi di un racconto giunto alla fine. Aiutami, mio caro Lanyon, e salva

il tuo amico,
H. J.

P.S. Avevo già sigillato la lettera, quando sono stato assalito da un altro orribile timore. Potrebbe accadere che il servizio postale non mi favorisca e che questa lettera non ti venga consegnata prima di domani mattina. In tal caso, caro Lanyon, esegui il mio incarico nel momento della giornata che ti risulta più comodo e aspetta ugualmente il mio messaggero a mezzanotte. Potrebbe essere già troppo tardi. Se la prossima notte dovesse trascorrere senza che nulla accada, allora sappi che non vedrai mai più Henry Jekyll.

A leggere una lettera simile, mi convinsi che il mio collega fosse impazzito; ma finché non ne avessi avuto prove certe, mi sentii in obbligo di fare quanto mi veniva richiesto. Meno mi raccapezzavo in quel racconto farraginoso, meno ero in grado di giudicarne l'importanza; e, tuttavia, un appello formulato in quei termini non poteva essere disatteso senza farmi carico di una grave responsabilità. Pertanto, mi alzai in fretta da tavola, presi una carrozza e mi feci condurre dritto a casa di Jekyll. Il maggiordomo mi stava aspettando. Aveva ricevuto anche lui una raccomandata di istruzioni con lo stesso giro di posta e aveva mandato subito a chiamare un fabbro e un falegname. I due artigiani ci raggiunsero mentre stavamo ancora confabulando e tutti insieme ci dirigemmo verso quella che, un tempo, era stata la sala operatoria del dottor Denman, da cui (come senz'altro saprai) si accede più comodamente allo studio privato di Jekyll. Vedendo che la porta era assai robusta, e munita di una serratura eccellente, il falegname ci preavvertì che forzarla avrebbe comportato una bella fatica per lui e danni non lievi alla porta; il fabbro, da parte sua, era al limite della disperazione, ma conosceva il suo mestiere e in un paio d'ore la porta cedette. L'armadietto contrassegnato con la lettera E non era chiuso a chiave; sfilai dunque il cassetto, lo ricoprii di paglia, lo avvolsi in un po' di carta e lo portai a Cavendish Square.

Qui ne esaminai il contenuto. Le polveri erano incartate con una certa cura, ma non con la meticolosità di un farmacista, dal che dedussi che Jekyll aveva provveduto lui stesso a confezionarle. In una delle cartine trovai quello che a me sembrò nient'altro che un sale cristallizzato di colore bianco. Fu poi la volta della fiala, piena fin circa a metà di un liquido rosso sangue dall'odore pungente che doveva contenere del fosforo e qualche etere volatile, oltre diversi componenti che non riuscii a individuare. Quanto al quaderno, era un comune taccuino in cui era registrata una sequenza di date che coprivano un periodo di parecchi anni. Mi accorsi, però, che le annotazioni s'interrompevano circa un anno prima, e bruscamente. Ogni tanto, una data era accompagnata da un commento brevissimo, o più spesso da una sola parola – *doppio* – che ricorreva almeno sei volte su un totale di qualche centinaio di annotazioni. Soltanto in una pagina, proprio all'inizio della serie e seguito da molti punti esclamativi, si leggeva: «fallimento totale!!!».

Tutto questo stimolava la mia curiosità, ma non mi conduceva a nessuna conclusione. Dunque: avevo una fiala di un liquido non meglio precisato, una cartina con un sale altrettanto indefinito e la registrazione di una serie di esperimenti che (come fin troppe volte nelle ricerche di Jekyll) non avevano portato ad alcun risultato di utilità pratica. Allora, che relazione c'era fra la presenza di quegli oggetti in casa mia e la possibilità di salvare l'onore, la ragione, o addirittura la vita del mio lunatico collega? Se il suo messaggero poteva venire a ritirarli da me, perché non invece in qualche altro posto? E, pur ammettendo un qualche impedimento, perché ero tenuto a ricevere questo signore in tanta segretezza? Più riflettevo, più mi convincevo di avere a che fare con un malato di mente. Così, pur mandando i miei domestici a dormire, mi premurai di caricare una vecchia pistola in modo da potermi difendere in caso di necessità.

Non s'era ancora spenta su Londra l'eco dell'ultimo rintocco della mezzanotte, quando sentii un leggero bussare alla porta. Andai io stesso ad aprire e mi trovai davanti un omino che si teneva tutto acquattato contro i pilastri del portico.

«Venite da parte del dottor Jekyll?», chiesi.

Annuì con un cenno forzato e, quando lo pregai di accomodarsi, non si decise a farlo se non dopo aver gettato un'occhiata alle sue spalle nell'oscurità della piazza. Apparve un poliziotto in lontananza, che veniva verso di noi con la lanterna accesa ed ebbi l'impressione che, a vederlo, il mio visitatore trasalisse, affrettandosi a entrare.

Confesso che questi dettagli mi turbarono, e non poco; per cui, finché non fummo giunti nella luce piena del mio ambulatorio, continuai a tenere la mano pronta sulla pistola. Lì, finalmente, potei guardarlo bene. Che non lo avessi mai visto prima, era certo. Era piccolo, come ho detto; ma non fu tanto la sua piccolezza a colpirmi, quanto piuttosto l'espressione malevola, la stupefacente combinazione di grande agilità muscolare ed evidente debolezza di costituzione; e, non ultimo, l'inspiegabile, intimo malessere che suscitò in me la sua sola vicinanza. Era una sensazione che assomigliava vagamente a un incipiente irrigidimento ed era accompagnata da un sensibile affievolirsi delle pulsazioni. Lì per lì l'attribuii a una sorta di idiosincrasia, a una mia avversione, e mi meravigliai semmai dell'acutezza dei sintomi; in seguito, però, avrei avuto buoni motivi per ritenere che la causa andava ricercata nel profondo della natura umana, e in qualcosa di più nobile dell'elementare principio dell'odio.

Quell'individuo, che sin dal momento del suo ingresso mi aveva riempito di una curiosità disgustata (se così posso chiamarla), era vestito in una maniera che avrebbe reso ridicola la persona più insignificante. I suoi abiti, per quanto di taglio sobrio e di ottimo tessuto, erano smisuratamente larghi per lui: i pantaloni, che gli pendevano sulle gambe, erano arrotolati in fondo perché non strusciassero per terra; la vita della giacca gli scendeva sotto i fianchi e il bavero gli si slargava sulle spalle. Eppure, strano a dirsi, questo travestimento grottesco ottenne tutt'altro effetto che farmi ridere. Piuttosto, questa disarmonia esterna sembrava adattarsi perfettamente all'essenza stessa della creatura che mi stava di fronte, sembrava anzi rafforzarne la sconcertante anormalità che, a un tempo, mi catturava, mi stupiva e ripugnava; e, per questo, al mio interesse per il carattere e la natura dell'uomo, si aggiunse la curiosità di sapere delle sue origini, della sua vita, delle sue fortune e della sua condizione sociale.

Per queste riflessioni, che hanno occupato qui così tanto spazio, mi ci vollero in realtà solo pochi secondi. Il mio visitatore bruciava come sui carboni ardenti, in preda a un'oscura ansietà.

«L'avete qui?», gridò. «L'avete qui?». E fremeva di una tale impazienza che mi afferrò il braccio e addirittura provò a scuotermi.

Al contatto di quella mano, mi sentii come trafiggere da una lama ghiacciata. Lo respinsi e, «Suvvia, signore», gli dissi, «dimenticate che non ho ancora avuto il piacere di fare la vostra conoscenza. Accomodatevi, prego». Gli detti l'esempio, mettendomi a sedere nella mia solita poltrona e assumendo con lui l'atteggiamento che normalmente riservo ai miei pazienti, o almeno facendo finta di assumerlo, per quanto me lo consentivano l'ora tarda, la natura delle mie preoccupazioni e il terrore che il mio visitatore mi incuteva.

«Vogliate perdonarmi, dottor Lanyon», riprese lui abbastanza civilmente. «Ciò che dite è più che giusto, ma l'impazienza ha voltato le spalle alla buona educazione. Sono venuto su incarico del vostro collega, il dottor Henry Jekyll, per un affare di una certa importanza. Mi risultava che...». S'interruppe di colpo, si portò una mano alla gola e, nonostante gli sforzi per mantenere il controllo, mi accorsi che lottava ferocemente contro le avvisaglie di una crisi isterica. «Mi risultava che, un certo cassetto...».

A questo punto ebbi pietà dell'ansia del mio visitatore, e un po' forse anche della mia crescente curiosità.

«Eccolo lì, signore», gli dissi, indicando il cassetto posato sul pavimento dietro un tavolo, ancora avvolto nella carta.

Si precipitò con un balzo, ma di nuovo si fermò, premendosi una mano sul cuore. Sentivo stridere i suoi denti, serrati nella morsa convulsa delle mascelle, e il volto era così spettrale da farmi seriamente temere per la sua vita o per la sua ragione.

«Calmatevi, vi prego!», gli dissi.

Mi rivolse un sorriso agghiacciante e poi, come se a guidarlo fosse la forza della disperazione, lacerò l'involucro. Alla vista del contenuto, emise un gemito di immenso sollievo, ma talmente acuto da lasciarmi impietrito. Un attimo dopo, con una voce già più misurata, domandò: «Avete un bicchiere graduato?».

Mi alzai dalla poltrona con un certo sforzo e gli portai quello che mi aveva chiesto.

Accennò a un sorriso di ringraziamento, quindi dosò pochissime gocce del liquido rosso e vi aggiunse una delle polveri. La miscela, dapprima di una gradazione rossastra, cominciò, man mano che i cristalli si scioglievano, a prendere un colore più brillante e a bollire con una percettibile effervescenza, sprigionando piccoli sbuffi di vapore. Tutt'a un tratto l'ebollizione cessò e, nello stesso momento, il composto si alterò in un porpora cupo che poi lentamente sbiadì in un verde acqua.

Il mio visitatore, che aveva sorvegliato con occhi attentissimi queste metamorfosi, sorrise di nuovo, posò il bicchiere sul tavolo e poi si voltò verso di me fissandomi con un'aria inquisitrice.

«E ora», disse, «sistemiamo il resto. Avete intenzione di essere ragionevole e darmi retta? In tal caso, consentitemi di allontanarmi da questa casa con il mio bicchiere, senza fare domande. O, invece, siete talmente divorato dalla curiosità da non riuscire a dominarla? Riflettete prima di rispondere, perché tutto dipenderà dalla vostra risposta. Potete decidere di rimanere quello che siete ora, né più ricco né più saggio, a meno che non si voglia considerare una ricchezza dell'animo il favore reso a un uomo in mortale pericolo; oppure, potete scegliere di osare e, allora, si spalancheranno davanti a voi, in questa stanza e in questo istante, nuovi domini della conoscenza e nuove prospettive di fama e di potere, perché sarete abbagliato da un prodigio che scuoterebbe l'incredulità dello stesso Satana».

«Signore», cominciai, ostentando una freddezza che ero ben lungi dal possedere, «voi parlate per enigmi, perciò non dovete stupirvi se non riesco a dare molto credito a ciò che dite. Ma, ormai, mi sono spinto troppo lontano su questa strada di favori inesplicabili per fermarmi prima di vedere la fine».

«Sta bene», replicò il mio visitatore. «Ma rammenta il giuramento, Lanyon:[2] ciò a cui stai per assistere è vincolato al nostro segreto professionale. E ora, tu che così a lungo sei rimasto schiavo delle concezioni più ristrette ed empiriche, tu che hai negato le virtù della medicina trascendentale, tu che hai deriso chi osava più in alto... guarda!».

Si portò il bicchiere alle labbra e bevve d'un fiato. Seguì un urlo, barcollò, si piegò, si aggrappò al tavolo per non crollare a terra, ansimando e fissandomi con gli occhi iniettati di sangue e la bocca spalancata. Lo guardai e, mi sembrò, non so... cambiato... si gonfiò, mi parve... il viso gli si annerì d'improvviso, i suoi lineamenti si fusero, mi parve, fino a contraffarsi... Un attimo dopo, scattai in piedi, indietreggiai contro il muro con la mente invasa dal terrore e il braccio sollevato a farmi da scudo, come a tenere a distanza quel prodigio.

«Mio Dio!», urlai, e ancora, più e più volte, «Mio Dio! Mio Dio!». Perché lì, proprio dinanzi a me... pallido, tremante, quasi privo di sensi, le mani che annaspavano nel vuoto come uno che si risvegli dalla morte... lì c'era HENRY JEKYLL!

Quello che mi disse nell'ora che seguì, la mia mente rifiuta di metterlo per iscritto. Ho visto ciò che ho visto, ho udito ciò che ho udito, e la mia anima se n'è infettata. Eppure, ancora adesso che quella visione è svanita dai miei occhi, mi domando se devo crederci, e non so rispondere. La mia vita è stata scossa fin nelle radici, il sonno mi ha abbandonato e un mortale terrore siede notte e giorno al mio fianco. Sento di avere i giorni contati; sto per morire, eppure morirò incredulo.

Quanto alle turpitudini morali che quell'uomo mi svelò, sia pure tra le lacrime di penitente, non posso ricordarmene senza un brivido di orrore. Ti dirò un'ultima cosa, Utterson, e, se la tua mente si persuaderà a prenderla per vera, potrà bastare. La creatura che s'introdusse in casa mia quella notte è conosciuta, per confessione dello stesso Jekyll, col nome di Hyde ed è ricercata in ogni angolo del paese come l'assassino di Carew.

HASTIE LANYON

La piena confessione
di Henry Jekyll

Sono nato nel 18..., erede di una cospicua fortuna e dotato di qualità eccellenti; ero incline per natura all'operosità e ambivo al rispetto dei migliori e dei più saggi fra i miei simili: sotto i più favorevoli auspici, ero perciò destinato a un promettente futuro di successi e di onore. Fra i miei difetti, il peggiore consisteva in una sorta di impaziente esuberanza che avrebbe fatto la felicità di molti, ma che in me mal si conciliava con l'imperativo morale di andare sempre a testa alta ed esibire in pubblico un contegno grave e più che irreprensibile. Fu così che mi abituai molto presto a celare i miei piaceri; e fu così che, quando giunsero gli anni della riflessione e incominciai a valutare i progressi fatti e la mia posizione nel mondo, mi trovai già profondamente invischiato in una vita di doppiezza. Molti si sarebbero addirittura vantati di quelle sregolatezze di cui io invece mi facevo una colpa e che, dall'alto delle mie ambizioni, censuravo e mi preoccupavo di nascondere con un senso quasi morboso di vergogna.

Piuttosto che la degenerazione di un mio difetto, fu dunque la natura troppo esigente delle mie aspirazioni a fare di me quello che sono stato e a scavare in me un solco – più profondo che negli altri – fra il bene e il male, le due province che scindono l'uomo e ne compongono la duplice natura. Le circostanze mi indussero così a meditare lungamente e a fondo su questa dura legge della vita, che è alla radice della religione e dà origine alle più grandi infelicità della condizione umana. Ma, per quanto doppia fosse la mia vita, non ero in alcun modo un ipocrita. In ciascuna delle mie due esistenze ero assolutamente onesto con me stesso: lo ero quando lasciavo cadere ogni ritegno e sprofondavo negli abissi dell'indecenza; e lo ero altrettanto quando, alla luce del giorno, non lesinavo energie per ampliare i confini della conoscenza o alleviare i dolori e le sofferenze altrui.

Accadde, nel frattempo, che i miei studi scientifici, interamente rivolti ad aspetti mistici e trascendentali, contribuissero a fare luce sulla mia consapevolezza di una guerra permanente fra le parti divise dentro di me. Giorno per giorno, e con entrambe le forme della mia intelligenza (morale e razionale) continuavo ad avvicinarmi sempre più a quella verità la cui parziale scoperta mi ha condannato a un così terribile naufragio: la verità che l'uomo non è autenticamente uno, ma è autenticamente due. E dico due per il solo fatto che lo stadio delle mie conoscenze non è andato oltre questa soglia. Altri seguiranno, altri proseguiranno sulla stessa strada, ma sento di poter azzardare un'ipotesi: l'uomo sarà alla fine riconosciuto come una mera aggregazione di soggetti multiformi, incongrui e indipendenti fra di loro. Quanto a me, per la natura della mia vita, ho perseguito un'unica direzione, e quella soltanto.

Esaminando quindi l'aspetto morale e la mia stessa persona, sono giunto a formulare la fondamentale e originaria dualità dell'uomo. Avevo constatato che, se potevo essere in tutta onestà ora l'una e ora l'altra delle due nature che si contendevano il campo della mia coscienza, ciò era dovuto solo al fatto d'essere radicalmente l'una e l'altra. E, sin dall'inizio, molto prima che lo sviluppo delle mie scoperte scientifiche mi facesse intravedere la concreta possibilità di un simile miracolo, presi ad accarezzare, come si accarezza un prediletto sogno a occhi aperti, l'idea di separare queste due componenti. Se, mi dicevo, potessi isolarle ciascuno in una identità separata e distinta, la vita sarebbe alleggerita di quanto ha di più intollerabile: l'uomo ingiusto se ne andrebbe per la sua strada, affrancato dalle aspirazioni e dai rimorsi del suo integerrimo gemello; mentre l'uomo giusto potrebbe procedere dritto e sicuro lungo il suo eletto cammino, facendo il bene di cui si compiace senza essere più esposto alla vergogna e al pentimento di un compagno malvagio, a lui estraneo. Non è forse questa la maledizione del genere umano: che, aggrovigliati in un incongruo legame, due esseri agli antipodi siano costretti a combattersi in eterno nel grembo straziato di una medesima coscienza? Come dissociarli, allora?

Ero a questo punto delle mie riflessioni quando, come ho già detto, le ricerche di laboratorio mi vennero indirettamente in soccorso gettando nuova luce sulla questione. Cominciai a percepire, con più chiarezza di quanto fosse mai stato fatto, la tremula immaterialità, la nebbiosa inconsistenza di questo corpo che ci riveste, per quanto solido esso appaia.

Scoprii che certi agenti chimici avevano il potere di squassare e strappare via questo rivestimento di carne, come una raffica di vento spazza via le tende di un padiglione. Ma non voglio che la mia confessione si addentri più di tanto nei meandri della scienza, e per due buone ragioni. Innanzitutto perché, come ho imparato a mie spese, ciascuno di noi è condannato a caricarsi sulle spalle il fardello della propria vita, e qualsiasi tentativo di scrollarselo di dosso non serve ad altro che a farne ricadere su noi stessi il peso, più oppressivo e inquietante di prima. In secondo luogo perché, come questa relazione renderà – ahimè! – fin troppo evidente, la mia scoperta è rimasta incompleta. Mi limiterò ad aggiungere questo: non solo riconobbi nel mio involucro corporeo la semplice aura, l'irradiazione di certe facoltà intrinseche al mio spirito, ma riuscii a ottenere una soluzione in grado di detronizzare tali facoltà, scalzandole dalla loro supremazia per lasciare il posto a una seconda forma e a un secondo aspetto, che recavano l'impronta delle componenti più vili della mia anima, ma non per questo meno connaturate.

Esitai a lungo prima di passare a sperimentare nella pratica la mia teoria. Sapevo bene di mettere a repentaglio la vita, poiché una sostanza tanto potente da assumere il dominio e scuotere dalle fondamenta la fortezza stessa dell'identità, avrebbe rischiato, per una minima eccedenza nel dosaggio o per il minimo errore nei tempi della somministrazione, di distruggere del tutto quel tabernacolo immateriale che io volevo soltanto trasformare. Senonché, la tentazione di una scoperta così singolare e profonda prevalse alla fine sulla paura. Già da un pezzo la soluzione era pronta; da una ditta farmaceutica acquistai immediatamente una grande quantità di un sale speciale che era, come sapevo dai miei esperimenti, l'ingrediente richiesto per ultimo. Infine, in una notte maledetta, mescolai gli elementi, li guardai bollire e fumare nel bicchiere e, quando l'ebollizione cessò, raccolsi tutto il mio coraggio e bevvi d'un fiato la pozione.

Seguirono spasimi lancinanti, una sensazione di ossa che si sbriciolavano, una nausea mortale e un orrore dello spirito quale nemmeno nell'ora della nascita o della morte si conosce. Poi, questi tormenti cominciarono rapidamente a placarsi e ritornai in me, quasi fossi convalescente da una grave malattia. C'era qualcosa di strano nelle mie sensazioni, qualcosa di indicibilmente nuovo e, per la sua stessa novità, di incredibilmente dolce. Mi sentivo felice, più giovane e più leggero nel corpo, mentre avvertivo un'inebriante irrequietezza che mi invadeva e un flusso di immagini sensuali che turbinavano disordinate nella mente; e, nell'anima, uno scioglimento dalle costrizioni dei doveri, e una sconosciuta ma non innocente libertà. E seppi, sin dal primo soffio di questa nuova vita, d'essere un peccatore, dieci volte peccatore, uno schiavo venduto al male originale: un pensiero che, in quel momento, mi esaltò e deliziò come l'effetto di un vino. Allargai le braccia, esultante nella freschezza di queste sensazioni e, così facendo, mi resi improvvisamente conto di essermi ridotto di statura.

A quell'epoca non c'era ancora uno specchio nel mio studio (quello che ho accanto alla scrivania l'ho fatto portare qui successivamente, proprio con l'intento di seguire le mie trasformazioni). Nel frattempo, la notte si era inoltrata nell'alba, un'alba scura ma ormai in procinto di concepire il giorno, e in casa i domestici erano tutti ancora immersi in un sonno di piombo. Decisi dunque, esaltato com'ero dal trionfo e dalla speranza, di avventurarmi nelle mie nuove sembianze sino in camera da letto. Attraversai il cortile, mentre dall'alto le costellazioni osservavano – con stupore, avrei detto – la prima creatura della mia specie che si fosse mai mostrata alla loro insonne vigilanza. Sgattaiolai lungo i corridoi, straniero nella mia stessa casa, e raggiunsi la mia stanza: lì, per la prima volta, vidi com'era fatto Edward Hyde.

A questo punto mi tocca procedere per via puramente teorica poiché, non avendo certezze, posso solo avanzare supposizioni. Il lato malvagio della mia natura, al quale avevo adesso trasferito il potere di modellare la mia forma, era meno robusto e meno sviluppato di quello buono, appena destituito; non foss'altro, penso, perché – avendo dedicato nove decimi della mia vita allo studio, alla virtù e alla disciplina – l'uno era stato molto meno esercitato e meno logorato dell'altro. Così spiegherei il fatto che Edward Hyde fosse tanto più piccolo, più agile e più giovane di Henry Jekyll. Come il bene traspariva luminoso dai lineamenti dell'uno, così il male era scritto a chiare lettere sul volto dell'altro. Ed era il male (che continuo pur sempre a ritenere la parte letale dell'uomo) ad aver impresso su quel corpo un marchio di deformità e debolezza. Eppure, quando lo specchio mi rimandò per la prima volta la sua orripilante parvenza, non sentii di volerlo respingere con ripugnanza, ma semmai di accoglierlo con uno slancio. Anche quello ero io.

Anche lui era naturale e umano. Ai miei occhi incarnava, anzi, un'immagine più viva del mio spirito, che mi sembrava più definita e omogenea rispetto a quell'immagine, imperfetta e scissa, che fino ad allora avevo riconosciuto come mia. E sin qui avevo indubbiamente ragione. In seguito, mi sarei accorto che, quando assumevo le sembianze di Edward Hyde, nessuno si accostava a me senza un visibile moto di repulsione; e questo accadeva, secondo me, perché gli esseri umani sono una mescolanza di bene e male; mentre Edward Hyde, unico nei ranghi dell'umanità, era male assoluto.

Indugiai non più di un attimo dinanzi allo specchio. C'era ancora da tentare il secondo esperimento, quello conclusivo. C'era ancora da verificare se avessi perduto la mia identità senza alcuna possibilità di riscatto e se, in tal caso, mi sarebbe toccato fuggire, prima che facesse giorno, da una casa non più mia. Rientrai alla svelta nel mio studio, preparai e bevvi di nuovo la pozione; di nuovo soffrii gli spasimi della dissoluzione e di nuovo tornai in me con la statura, l'indole e il volto di Henry Jekyll.

Quella notte ero arrivato al bivio fatale. Se mi fossi accostato alla mia scoperta con una più nobile predisposizione d'animo, se cioè avessi corso il rischio dell'esperimento sotto il dominio di aspirazioni pie e generose, tutto sarebbe andato diversamente: da quelle agonie di morte e di rinascita sarebbe emerso un angelo, non un demonio. Non essendo né diabolica né divina, la droga, di per sé, non operava discriminazioni: si limitò a scardinare le porte della prigione in cui erano rinchiuse le mie inclinazioni che scapparono via da lì, così com'erano, alla stregua dei prigionieri di Filippi.[1] In quel periodo della mia vita, il bene s'era infatti assopito in me; mentre il male, istigato dall'ambizione, era all'erta e pronto ad afferrare qualsiasi occasione: la cosa che proiettò fuori di sé fu Edward Hyde. Mi ritrovai così con due personalità e due diverse sembianze: una era interamente malvagia e l'altra era il solito, vecchio Henry Jekyll, quell'incongruo guazzabuglio che disperavo ormai di correggere e migliorare. Tutto mi spingeva dunque verso il peggio.

D'altronde, l'età non mi aveva ancora portato a vincere l'avversione per un'esistenza fatta solo di arido studio. Avevo voglia di spassarmela, a volte. Ma, mentre continuavo a crescere nella considerazione pubblica e negli anni, i piaceri che mi concedevo erano a dir poco indegni, e questa incoerenza del mio modo di vivere diveniva ogni giorno più insopportabile. Ecco perché il potere di cui da poco disponevo esercitò su di me una tentazione tanto forte e finì col ridurmi suo schiavo. Non dovevo fare altro che bere la mia pozione per spogliarmi in un istante del corpo di uno stimato professore e indossare, come uno spesso mantello, quello di Edward Hyde. L'idea mi allettava e la trovai persino divertente, allora.

Con la cura più coscienziosa feci pertanto i miei preparativi. Presi in affitto e arredai la casa di Soho, quella in cui la polizia si è poi recata seguendo le tracce di Hyde; assunsi come governante una persona che sapevo di poche parole e di pochissimi scrupoli. Nel contempo, comunicai ai miei domestici che un certo signor Hyde (di cui fornii la descrizione) avrebbe avuto d'ora in avanti piena libertà e autorità nella mia casa sulla piazza; e, a scanso di equivoci, escogitai l'espediente di farmi frequenti visite, in modo da diventare una presenza a tutti familiare anche nel mio nuovo aspetto. Scrissi poi il testamento sul quale hai sollevato tante obiezioni, calcolando che, se fosse accaduto qualcosa al dottor Jekyll, sarei potuto comunque succedergli come Edward Hyde, senza subire perdite economiche. E così cautelato – almeno lo credevo – da qualsiasi imprevisto, cominciai a godermi la strana immunità della mia condizione.

In passato, c'era chi assoldava dei *bravi*[2] allo scopo di compiere delitti per interposta persona, senza dover esporsi né compromettere la propria incolumità o la reputazione. Io sono stato il primo a poter agire allo scoperto e per il proprio piacere. Sono stato il primo a mostrarmi in pubblico paludato di amabile rispettabilità e, un attimo dopo, poter strapparmi di dosso quegli orpelli per tuffarmi a capofitto, come uno scolaretto, nel mare della libertà. Protetto da un impenetrabile mantello, ero perfettamente al sicuro. Pensa: neppure esistevo! Bastava che dalla porta sul retro riuscissi a infilarmi nel laboratorio, che avessi un paio di secondi per mescolare la pozione che tenevo sempre pronta e ne buttassi giù un sorso... e, qualunque cosa avesse fatto, Edward Hyde sarebbe evaporato come alito sul vetro; e, al suo posto, tranquillamente immerso nei suoi studi al chiarore notturno di una lampada, ci sarebbe stato un uomo al di sopra di ogni sospetto: ci sarebbe stato Henry Jekyll.

I piaceri che freneticamente mi procuravo sotto altre spoglie erano indegni, come ho già detto (e non potrei usare un termine più duro); ma, nelle

mani di Edward Hyde, cominciarono presto a de-
generare in piaceri mostruosi. Spesso, di ritorno da
quelle imprese, ero sopraffatto da una specie di at-
tonita meraviglia per la mia depravazione vicaria.
Questa creatura, come di famiglia per me, che evo-
cavo dalla mia stessa anima e mandavo in giro ad
appagare le sue voglie, era un essere intrinseca-
mente crudele e diabolico. Egocentrico in ogni sua
azione e in ogni suo pensiero, placava la sua be-
stiale avidità di piaceri con ogni forma di sofferenza
inflitta agli altri. Era spietato, come un uomo di
pietra. A volte, Henry Jekyll rimaneva inorridito
dalle azioni di Edward Hyde ma, dal momento che
la situazione esulava da ogni legge ordinaria, insi-
diosamente la coscienza allentava la presa. Era
Hyde il colpevole, dopo tutto, e Hyde soltanto.
Jekyll non era peggiore di prima e, al risveglio, si
ritrovava in possesso delle sue buone qualità, al-
l'apparenza immutate; si affrettava anzi, se possibile, a disfare il male fatto da Hyde. E così la sua
coscienza si assopiva.

Delle nefandezze che mi videro connivente
(perché ancora oggi stento ad ammettere d'esserne
stato io l'autore) non intendo riferire i dettagli. Voglio solo soffermarmi sui segnali che mi avvertirono,
passo dopo passo, dell'avvicinarsi del castigo. Mi
capitò dapprima un incidente al quale accennerò
appena, non avendo avuto conseguenze. Un atto di
crudeltà verso una bambina sollevò contro di me
la collera di un passante, che riconobbi l'altro
giorno nella persona di tuo cugino Enfield; a lui si
aggiunsero un medico e i familiari della bambina.
Ci furono momenti in cui arrivai a temere per la
mia vita; finché, per tacitare il loro più che legit-

timo rancore, Edward Hyde si vide costretto a portarli con sé sino alla porta del laboratorio e a risarcirli con un assegno firmato da Henry Jekyll. Onde evitare che si ripetessero in futuro situazioni altrettanto pericolose, provvidi subito ad aprire, presso un'altra banca, un conto intestato a Edward Hyde; e poi, alterando l'inclinazione della mia scrittura, fornii al mio doppio una sua firma. A quel punto, ero davvero convinto di essermi messo al riparo da tutte le avversità della sorte.

Circa un paio di mesi prima dell'assassinio di Sir Danvers, ero stato in giro per una delle mie solite avventure ed ero rincasato a notte fonda. Il mattino seguente mi risvegliai nel mio letto in preda a curiose sensazioni. Invano mi guardai intorno, invano cercai il mobilio austero e le alte volte della mia stanza con la vista sulla piazza, invano tentai di riconoscere i disegni delle cortine del letto e il profilo della spalliera di mogano. Qualcosa insisteva a farmi pensare che non mi trovavo dove credevo di trovarmi, che non mi ero svegliato là dove mi pareva di essere, bensì nella stanzetta di Soho dove mi fermavo a dormire quando ero Edward Hyde. Sorrisi fra me e me, e, alla maniera di uno psicologo, cominciai ad analizzare le cause di quella specie di illusione; ma lo facevo pigramente, scivolando di tanto in tanto nel piacevole torpore mattutino. Ero ancora in questo stato quando, in un momento più lucido di veglia, lo sguardo mi cadde su una mano. Ora, le mani di Henry Jekyll (come anche tu mi hai fatto spesso notare) erano, per la loro forma e dimensione, le tipiche mani di un medico: grandi, ferme, chiare e ben fatte. Ma la mano che vidi lì, abbandonata semichiusa sulle lenzuola nella luce giallastra del mattino londinese, era scarna, ossuta, di un pallore grigiastro e fittamente ricoperta di una peluria scura. Era la mano di Edward Hyde.

Devo essere rimasto a fissarla almeno mezzo minuto, istupidito com'ero dalla meraviglia, prima che mi esplodesse nel petto un terrore lacerante e improvviso come il fragore di piatti metallici. Saltai giù dal letto e corsi allo specchio. Ciò che vidi mi tramutò il sangue in un penetrante liquido ghiacciato. Sì, mi ero addormentato Henry Jekyll e mi risvegliavo Edward Hyde. "Come spiegarlo?", mi chiesi. E poi, in una nuova ondata di terrore, "come rimediare?".

Si era fatto giorno ormai, i domestici erano alzati, la pozione era nello studio... due rampe di scale, il corridoio di servizio, e poi il cortile scoperto e l'intera sala anatomica: un percorso interminabile dal luogo in cui mi trovavo, paralizzato dall'orrore. Avrei potuto, certo, coprirmi la faccia; ma a che sarebbe servito se non potevo far niente per nascondere la mia statura rimpicciolita? Subito dopo, con una dolcissima sensazione di sollievo, mi venne in mente che i domestici si erano già abituati agli andirivieni dell'altro me stesso. Mi vestii dunque alla svelta, adattandomi come meglio potevo gli abiti troppo grandi della taglia di Jekyll; alla svelta attraversai la casa sotto lo sguardo esterrefatto di Bradshaw, che arretrò vedendo il signor Hyde a quell'ora e conciato a quel modo; e dieci minuti più tardi il dottor Jekyll, ritornato se stesso, sedeva accigliato al suo tavolo fingendo di far colazione.

Di appetito ne avevo veramente poco. Quell'incidente inesplicabile, quel rovesciamento delle mie precedenti esperienze, mi parvero compitare la sentenza della mia condanna, come le lettere tracciate sul muro dal dito babilonese.[3] E cominciai così a riflettere più seriamente di quanto avessi mai fatto prima sulle complicazioni e le conseguenze della mia doppia esistenza. Quella parte di me che avevo il potere di proiettare all'esterno si era molto esercitata e rinvigorita negli ultimi tempi; avevo addirittura avuto l'impressione, di recente, che il corpo di Edward Hyde fosse cresciuto di statura e che, quando rivestivo la sua forma, il sangue rifluisse più generosamente nelle vene. Cominciai allora a intravedere la gravità del pericolo che correvo. Se questo stato di cose si fosse protratto a lungo, l'equilibrio della mia natura ne sarebbe rimasto alla fine sconvolto, il potere di trasformarmi quando volevo poteva annullarsi e la personalità di Edward Hyde diventare irrevocabilmente la mia. La pozione non si era dimostrata sempre della stessa efficacia. Una volta, proprio agli inizi dei miei esperimenti, aveva completamente fallito nel suo intento; in altre occasioni, ero stato costretto a raddoppiare la dose e, in un caso, persino a triplicarla, con un rischio enorme per la mia vita. Si era trattato comunque di sporadici insuccessi, la sola ombra sul mio compiacimento. Ora, invece, dopo l'incidente di quella mattina, dovevo arrendermi all'evidenza: se al principio la difficoltà maggiore era stata quella di sbarazzarmi del corpo di Jekyll, adesso, in modo graduale ma inequivocabile, la difficoltà era esattamente inversa. Tutto quindi pareva condurmi a un'unica conclusione: stavo lentamente perdendo il controllo sul mio originario io, sulla parte migliore di me; e lentamente lo incorporavo nel mio secondo io, nella mia parte peggiore.

Adesso, mi toccava scegliere. Le mie due nature

avevano in comune la memoria, ma si erano suddivise le altre facoltà con un criterio quanto mai diseguale. Jekyll, un'identità composita, progettava e condivideva – ora con trepidante apprensione, ora con un gusto smodato – i piaceri e le avventure di Hyde. Ma Hyde ignorava Jekyll, o, tutt'al più, lo ricordava come un bandito di montagna ricorda la caverna in cui andava a rifugiarsi quando era inseguito. Jekyll nutriva qualcosa di più dell'interesse di un padre; Hyde nutriva qualcosa di più dell'indifferenza di un figlio. Puntare tutto su Jekyll significava soffocare quegli appetiti cui prima indulgevo in segreto e che ora mi concedevo apertamente. Puntare su Hyde, invece, significava soffocare mille interessi e aspirazioni per ridurmi, in un sol colpo e per sempre, alla condizione di un reietto, disprezzato e solo.

A chiunque la scelta sarebbe parsa priva di alternativa, ma c'era ancora un'altra considerazione che pesava sul piatto della bilancia: mentre Jekyll avrebbe patito le pene dell'astinenza, Hyde non avrebbe neppure avuto coscienza di ciò che aveva perduto. Per quanto singolari fossero le circostanze, il dilemma era, ed è, comune e antico quanto l'uomo; sono sempre le stesse seduzioni e le stesse paure a giocarsi a dadi la sorte dei peccatori che vacillano nell'ora della tentazione. E accadde a me ciò che accade alla maggioranza dei miei simili: scelsi la parte migliore e non ebbi la forza di conservarla.

Sì, preferii l'anziano dottore, scontento ma circondato dall'affetto degli amici e animato da oneste speranze. Sì, detti un addio risoluto alla libertà, alla relativa giovinezza, al passo leggero, ai palpiti delle emozioni e ai piaceri segreti di cui avevo goduto sotto le sembianze di Hyde. Feci questa scelta, pur con qualche inconsapevole riserva, se è vero che non mi liberai dell'appartamento di Soho né distrussi gli abiti di Hyde, ancora al loro posto nel mio studio. Per due mesi, ad ogni modo, tenni fede alla mia risoluzione; per due mesi condussi la vita più austera che avessi mai condotto ed ebbi, come ricompensa, l'approvazione della mia coscienza. Ma il tempo cominciò ad attutire il ricordo delle mie paure e gli elogi della coscienza divennero scontati, mentre giorno dopo giorno ero sempre più dilaniato da tormenti e spasmodici desideri, come se Hyde stesse lottando per la sua libertà. E, alla fine, in un'ora di debolezza morale, preparai ancora una volta la pozione che mi trasformava e la trangugiai d'un fiato.

Immagino che un ubriacone, ragionando con se stesso del proprio vizio, si preoccupi poco o niente (una volta su cinquecento, io credo) dei pericoli cui va incontro nel suo stato di abbrutimento; così, neanch'io, per quanto spesso avessi riflettuto sulla mia situazione, avevo tenuto nel dovuto conto che la completa insensibilità morale e la dissennata facilità al male erano i tratti predominanti di Edward Hyde. Eppure, furono proprio questi gli agenti del mio castigo. Il demone che avevo tenuto imprigionato troppo a lungo si liberò ruggendo. Già dal primo sorso della pozione, avevo avvertito una più sfrenata, una più furiosa propensione al male. Deve essere stato questo, suppongo, a scatenare in me quella tempesta di rabbiosa impazienza con cui reagii alla domanda che tanto civilmente mi rivolse la mia vittima disgraziata. Ma, davanti a Dio, vo-

glio qui dichiarare che nessun uomo moralmente
sano si sarebbe potuto macchiare di un delitto simile per una provocazione così irrilevante; e che,
quando colpii, non ragionavo più di un bambino
malato che fa a pezzi un giocattolo. D'altra parte,
ero stato io a spogliarmi volontariamente di quella
capacità d'equilibrio che, anche negli uomini peg-
giori, fa in qualche misura da freno alle tentazioni.
Per me, invece, essere tentato, per quanto debolmente, significava cedere.

Uno spirito infernale si risvegliò in me e infuriò.
Imperversai sul corpo di un uomo che non oppo-
neva resistenza con un godimento frenetico, per-
cuotendolo e deliziandomi a ogni colpo. E fu solo
quando subentrò la stanchezza che all'improvviso,
ancora all'acme del delirio, un brivido di terrore
mi gelò. Fu come se una nebbia si diradasse e capii
che questa volta l'avrei pagata con la vita. Fuggii da
quel teatro di eccessi, esultando e tremando insieme, con una gioia di vivere vibrante al diapason
e una voluttà di male appagata e, se possibile, più e
più aizzata. Mi precipitai alla casa di Soho e, per
mettermi doppiamente al sicuro, distrussi tutte le
mie carte; da lì mi incamminai per le strade illumi-
nate dai lampioni, ancora perso in quell'estasi con-
trastata: da una parte, gongolando per il delitto, e
a cuor leggero progettandone altri per il futuro; e,
dall'altra, affrettandomi con le orecchie tese a co-
gliere i passi del vendicatore alle mie spalle. Hyde
aveva una canzone sulle labbra quella notte mentre
preparava la pozione e bevve brindando all'uomo
assassinato. Ma, gli spasimi della trasformazione
non avevano ancora finito di straziarlo, che già
Henry Jekyll era caduto in ginocchio, invocando

Dio con le mani giunte e con lacrime di rimorso e gratitudine.

Il velo dell'indulgenza verso me stesso si squarciò da un capo all'altro e ripercorsi tutta la mia vita. Rividi i giorni dell'infanzia, le passeggiate con mio padre che mi teneva per mano, e poi i sacrifici e l'abnegazione delle mie fatiche di medico; ma poi ancora e ancora, sempre con la stessa sensazione di irrealtà, i dannati orrori di quella notte. Avrei voluto urlare. Cercai con lacrime e preghiere di scacciare da me quell'orda di immagini e suoni repellenti con cui la memoria voleva sopraffarmi; ma, tra quelle implorazioni, il disgustoso volto della mia iniquità rimaneva fisso lì, a scrutarmi fino in fondo all'anima. A poco a poco il rimorso si placò per lasciare spazio a un benefico senso di sollievo. Il problema della mia condotta era risolto: Hyde non era più concepibile. Che lo volessi o no, ero ormai relegato nella parte migliore della mia esistenza. Oh, come me ne rallegrai al solo pensiero! Con quanta volenterosa umiltà tornai ad abbracciare le limitazioni di una vita normale! Con quale sincero spirito di rinuncia sprangai quella porta da cui così tante volte ero uscito e rientrato, e ne spezzai la chiave sotto il tacco!

L'indomani capii che il mio non era stato solo un crimine, ma una tragica follia. Mi giunse la notizia che all'omicidio aveva assistito un testimone, che la colpevolezza di Hyde era stata pubblicamente accertata e che la vittima era una personalità molto stimata e in vista. Credo che fui lieto di apprenderlo; fui lieto che i miei migliori impulsi si barricassero e vigilassero contro il terrore del patibolo. Jekyll era adesso il presidio della mia salvezza. Se

Hyde avesse solo provato a mettere fuori la testa, le mani di tutti si sarebbero protese verso di lui per agguantarlo e ucciderlo.

Mi ripromisi di riscattare il passato con una buona condotta, e posso dire in tutta onestà che il mio proposito portò qualche buon frutto. Sai bene con quanta solerzia, negli ultimi mesi dello scorso anno, mi sia adoperato per alleviare le sofferenze di molti; sai bene quanto ho fatto per gli altri e in quale tranquillità, felicità direi, siano trascorsi quei giorni. E mentirei se ti dicessi che quella vita innocente e caritatevole mi era venuta a noia, perché, al contrario, credo che mi piacesse ogni giorno di più. Ma la verità è che ero ancora perseguitato dalla maledizione della mia duplicità; e, quando l'ardore iniziale della contrizione si attenuò, i miei più bassi istinti, così a lungo assecondati e ora così saldamente incatenati, cominciarono a ringhiare per uscire dalla prigione. Non che mi sognassi di resuscitare Hyde; la sola idea mi faceva rabbrividire. No, fui proprio io, Jekyll, nella mia stessa persona, a sentirmi di nuovo tentato a giocare con la mia coscienza. E, alla fine, come un comune peccatore, caddi in segreto sotto gli assalti della tentazione.

C'è una fine per tutte le cose; la più capace delle misure viene prima o poi a colmarsi; e questa breve condiscendenza al male finì col distruggere l'equilibrio della mia anima. Eppure, allora non ne fui allarmato. Cadere mi sembrò naturale, fu come ritornare ai vecchi tempi prima della mia scoperta.

Era una giornata di gennaio, limpida e luminosa; il selciato ancora bagnato sotto i piedi, lì dove la brina s'era sciolta, ma neppure una nuvola in cielo. Regent's Park risuonava di cinguettii invernali e già s'addolciva di profumi di primavera. Ero seduto su una panchina al sole; l'animale in me si leccava qualche briciola di memoria, mentre la parte spirituale un po' intorpidita si riprometteva un sollecito pentimento, ma senza decidersi a intervenire. Dopo tutto – riflettevo – "non sono diverso da quelli che mi circondano"; e mi venne da sorridere, paragonando me stesso agli altri, paragonando la mia buona volontà, così attiva, alla sonnacchiosa crudeltà della loro negligenza. E, proprio nel mezzo di questo pensiero vanaglorioso, fui sopraffatto da un tremito improvviso, una nausea terribile e un brivido di morte. Poi tutto finì, lasciandomi spossato; e, quando anche questa spossatezza svanì, mi resi conto di un cambiamento nella natura dei miei pensieri, una maggiore spavalderia, un disprezzo del pericolo e uno scioglimento dalle costrizioni dei doveri. Abbassai gli occhi: gli abiti penzolavano molli sulle membra rattrappite, la mano poggiata sul ginocchio era tutta nocche e villosa. Eccomi di nuovo Edward Hyde! Appena un momento prima potevo contare sul rispetto di tutti, ero ricco, benvoluto... una tavola era sempre imbandita nella mia casa...; e ora, ora nient'altro che un animale braccato, il più vile della fauna umana, senza un rifugio, un assassino acclarato e pronto per la forca.

La mia ragione vacillò, ma non mi abbandonò del tutto. Ho già detto più volte che, quando assumevo la mia seconda personalità, le mie facoltà sembravano acuirsi e il mio spirito farsi più duttile e scattante. In una circostanza del genere, in cui Jekyll si sarebbe probabilmente dato per vinto, Hyde si dimostrò all'altezza della difficoltà. Gli ingredienti per la pozione si trovavano in uno degli armadietti del mio studio: come fare a raggiungerli? Questo era il problema che, con i pugni stretti alle tempie, cercai di risolvere. Di mia volontà avevo chiuso la porta del laboratorio. Se mi fossi azzardato a entrare dall'ingresso principale, i miei stessi domestici mi avrebbero spedito dritto alla forca. L'unico modo era ricorrere all'aiuto di un'altra persona e mi venne in mente Lanyon. Ma come fare a raggiungerlo? Come persuaderlo? Supponendo anche che riuscissi a sfuggire alla cattura per le strade, come avrei potuto farmi ricevere da lui? Come avrei potuto, io, uno sconosciuto dall'aria poco rassicurante, indurre l'illustre medico a rovistare nello studio del suo collega, il dottor Jekyll? Allora mi ricordai che della mia originaria personalità conservavo ancora una cosa: la scrittura. E non appena brillò il barlume di una soluzione, vidi chiarissima davanti a me la strada da seguire.

Mi sistemai alla meglio gli abiti addosso, fermai una vettura di piazza che passava in quel momento e mi feci condurre in un albergo in Portland Street di cui ricordavo il nome. Nel vedermi combinato in quel modo davvero comico (per quanto tragico fosse il destino nascosto sotto quel travestimento), il cocchiere non riuscì a trattenere il riso. Digrignai i denti con un gusto sadico, e il sorriso gli si spense sulle labbra, fortunatamente per lui, ma ancor più per me: un istante di troppo, e lo avrei scaraventato giù di cassetta. Entrai poi nella locanda guardandomi intorno con un'espressione talmente truce che gli inservienti, tremebondi, non osarono scambiarsi neanche un'occhiata in mia presenza; si limitarono a ricevere i miei ordini con un atteggiamento ossequioso e a condurmi in una saletta privata, dove mi portarono l'occorrente per scrivere.

Hyde in pericolo di vita era una creatura nuova per me: fremente di una rabbia inconsulta, smanioso di infliggere sofferenze, e pronto a uccidere; eppure, una creatura astuta. Dominando la sua furia con un enorme sforzo di volontà, scrisse le due importanti lettere, una per Lanyon e una per Poole; e, per accertarsi dell'effettiva spedizione, ordinò che si inviassero per raccomandata. Da quel momento in poi, se ne rimase tutto il giorno nella saletta privata seduto accanto al caminetto, rodendosi le unghie in compagnia delle proprie paure. Lì cenò da solo, servito da un cameriere che tremava visibilmente a ogni suo sguardo. Poi, approfittando delle tenebre della notte, se ne andò e, rincantucciato nell'angolo di una carrozza chiusa, si fece portare in lungo e in largo per le strade della città.

Lui – dico *lui*... non posso dire *io*: quel figlio dell'inferno non aveva nulla di umano, nulla sopravviveva in lui se non odio e paura, le due basse passioni che gli infuriavano dentro come una tempesta. Quando cominciò a temere che il cocchiere potesse insospettirsi, congedò la vettura e si avventurò a piedi tra i passanti notturni, che lo additavano incuriositi da quell'individuo infagottato in abiti sbagliati. Camminava svelto, inseguito dai suoi stessi timori, biascicando qualcosa tra sé e sé, sgusciando furtivo lungo le vie meno frequentate, e contando i minuti che ancora lo separavano dalla mezzanotte. Una donna gli rivolse la parola per vendergli, credo, una scatola di fiammiferi. Lui la colpì con uno schiaffo in pieno viso e la fece scappare via.

Quando ritornai me stesso ero a casa di Lanyon, e fu l'orrore del mio vecchio amico a turbarmi, credo. Non so; so solo che era appena una goccia nel mare di orrore che mi sommerse ripensando alle ore appena trascorse. Qualcosa era cambiato in me: adesso non era più la paura di finire sulla forca a tormentarmi, ma l'orrore di ridiventare Hyde. La condanna pronunciata da Lanyon mi giunse come in sogno; e come in sogno feci ritorno a casa e mi misi a letto. Prostrato da quella giornata, caddi in un sonno continuo e profondo da cui nemmeno gli incubi più tormentosi riuscirono a scuotermi. Al mattino mi svegliai debilitato e scosso, ma riposato. Mi riempiva ancora di odio e paura il pensiero del bruto che dormiva dentro di me e, certo, non avevo dimenticato i tremendi pericoli del giorno precedente; ma ero di nuovo al sicuro, a casa mia e con la pozione vicina. Mi ero salvato, e la gratitudine nel mio animo era di una luce così intensa da competere quasi con il bagliore della speranza.

Un giorno, dopo colazione, passeggiavo in cortile con tutta calma, aspirando boccate di una bell'arietta frizzante, quand'ecco, di nuovo, quelle indescrivibili sensazioni che preannunciavano la metamorfosi. Ebbi appena il tempo di rifugiarmi nel mio studio che già ero di nuovo preda delle passioni gelide e brucianti di Hyde. Questa volta mi ci volle una dose doppia per restituirmi a me stesso. Ma, ahimè!, sei ore dopo, mentre ero seduto a fissare tristemente il fuoco, gli spasimi ricominciarono e fui costretto ad assumere un'altra dose. In poche parole, da quel giorno in poi, fu solo con un grandissimo sforzo fisico, degno di un atleta, e solo sotto lo stimolo immediato della pozione che fui in grado di mantenere le sembianze di Jekyll. In qualsiasi momento del giorno o della notte, mi accadeva d'es-

sere assalito da quel brivido premonitore; e sapevo
che, se mi addormentavo o anche soltanto se mi as-
sopivo un po' in poltrona, mi sarei immancabil-
mente risvegliato Hyde. Stremato da questa maledizione sempre incombente e dall'insonnia a cui io
stesso ora mi condannavo – sì, ben oltre ogni limite
umanamente immaginabile – mi ridussi, nella persona di Jekyll, a una larva divorata e consunta dalla
febbre, a un essere che languiva, sfinito sia nel corpo
che nella mente, e ossessionato da un unico pensiero: l'orrore dell'altro me stesso. Ma quando dor-
mivo o quando i benefici della medicina si esauri-
vano, quasi senza transizione ormai (poiché gli spasimi della metamorfosi si attenuavano col passare
dei giorni) ripiombavo in preda a una fantasia traboccante di immagini di terrore, succube di un'a-
nima che ribolliva di odi immotivati e di un corpo
incapace di contenere quelle furiose energie vitali.

Man mano che le forze di Jekyll deperivano,
quelle di Hyde sembravano accrescersi; ma, di
certo, a dividerli adesso c'era un odio cresciuto con
pari intensità da entrambe le parti. Per Jekyll era un
istinto di conservazione: aveva conosciuto la natura della deformità di quella creatura con cui condivideva alcuni fenomeni della coscienza, e col
quale avrebbe condiviso la morte. Ma, a parte
questa vincolante comunanza, che già di per sé ag-
gravava il suo strazio, egli pensava a Hyde, con tutta
la sua energia vitale, come a una cosa non soltanto
diabolica, ma inorganica. Questo era il pensiero più
sconvolgente: che la melma giù in fondo al pozzo
infernale mandasse voci e grida; che quella polvere
amorfa potesse gesticolare e peccare; che una cosa
morta e senza forma potesse usurpare le funzioni

della vita. E ancora: che un mostro perennemente in agguato fosse avvinto a lui, più intimo di una moglie, più familiare di un occhio; e che, ingabbiato nella sua stessa carne, dove lo sentiva brontolare e dibattersi per venire alla luce, approfittasse di ogni attimo di debolezza o dell'abbandono fiducioso al sonno per prendere il sopravvento e spodestarlo della vita.

L'odio di Hyde nei riguardi di Jekyll era di tutt'altra specie. Il terrore della forca lo spingeva a commettere ripetutamente temporanei suicidi, rinunciando alla propria interezza di persona per regredire alla condizione subordinata di parzialità. Ma egli detestava questo necessario stato di cose, detestava la prostrazione in cui Jekyll era crollato ultimamente ed era sdegnato per l'ostilità con cui veniva ormai considerato. A questo erano dovuti i dispetti scimmieschi che Hyde mi faceva: scarabocchiò bestemmie sulle pagine dei miei libri con la mia stessa scrittura, mi bruciò delle lettere e distrusse il ritratto di mio padre. E non ho dubbi che, se non fosse stato per la paura di morire, già da tempo avrebbe rovinato se stesso pur di trascinare nella sua rovina anche me. Ma il suo amore per la vita è stupefacente. Dirò di più: quando mi ritornano in mente l'abiezione e la passione di quel suo attaccamento alla vita, io stesso, che pure mi sento mancare e gelare solo a pensare a lui, vedo com'è spaventato dal potere che ho di annullarlo con il suicidio e riscopro nel cuore un sentimento di pietà.

È inutile tirare questa storia per le lunghe, e del resto non ne ho più il tempo... Nessuno ha mai patito i miei tormenti, e ciò basti. Eppure mi ci sarei abituato, perché l'abitudine aveva portato – no, non dico a un sollievo – ma a una certa callosità dell'anima, a una certa acquiescenza alla disperazione; e la mia punizione avrebbe potuto protrarsi per anni, se non fosse intervenuta un'ultima calamità a recidere per sempre me dal mio aspetto e dalla mia natura. La provvista di un certo sale, che non avevo più rinnovato dai tempi del mio primo esperimento, cominciava a ridursi. Mandai a prenderne una nuova fornitura e lo mescolai con gli altri ingredienti; ottenni l'ebollizione e il primo cambiamento di colore, ma non il secondo. Bevvi il preparato, ma senza alcun effetto. Poole potrà dirti come abbia preteso che setacciasse per me tutta Londra. Invano. Adesso mi sono persuaso che la mia prima scorta doveva essere impura e che proprio a quell'ignota impurità era dovuta l'efficacia della pozione.

È passata quasi una settimana, ormai, e finisco questa confessione sotto l'effetto dell'ultima dose del vecchio sale. Questa è perciò, a meno di un miracolo, l'ultima volta che Henry Jekyll può pensare i propri pensieri e vedere il proprio volto (quanto tristemente alterato!) nello specchio. Non posso indugiare troppo, devo concludere, perché se queste pagine sono finora scampate alla distruzione, è stato solo grazie alla mia grande cautela e a una grande fortuna. Dovessero gli spasimi della metamorfosi cogliermi mentre sto ancora scrivendo, Hyde straccerebbe tutto in mille pezzi. Ma se avrò tempo sufficiente per metterle al riparo, lo stupefacente egotismo di Hyde e la sua capacità di vivere solo l'attimo presente forse risparmieranno queste pagine dalle sue ripicche di scimmia. Ma, in verità, la maledizione che sta per abbattersi inesorabile su di noi ha già mutato e stremato anche lui. Tra mezz'ora, quando di nuovo e per sempre avrò assunto quell'identità odiata, so che mi ridurrò a tremare e piangere nella mia poltrona; oppure continuerò a camminare terrorizzato su e giù per la stanza (il mio ultimo rifugio su questa terra), con un'attenzione spinta al parossismo nell'ascolto di ogni minimo suono minaccioso. Morirà Hyde sul patibolo? O troverà il coraggio di liberarsi all'ultimo istante? Lo sa Iddio. A me non interessa più. Questa è l'ora della mia vera morte. Ciò che accadrà dopo riguarda un altro, non più me. Qui depongo la penna, sigillo la mia confessione e metto fine alla vita dell'infelice Henry Jekyll.

Note

INTRODUZIONE

1. *quel senso ... pensante*: traduzione italiana di A. Brilli, nell'introduzione a *Lo strano caso del dottor Jekyll e del signor Hyde*, Milano, Mondadori, 1985.

A KATHARINE DE MOTTOS

1. *Katharine De Mottos*: il romanzo è dedicato a Katharine De Mottos, cugina di Stevenson e scrittrice con qualche talento letterario, ma afflitta da ristrettezze economiche. Lo scrittore provvide in parte a lei quando poté disporre dell'eredità paterna. La dedica allude alla lontananza dalla Scozia che Stevenson sente pesare sul suo destino di malato in perenne vagabondaggio. La traduzione italiana è stata condotta sul testo delle opere complete di Stevenson, vol. V (*The Works of Robert Louis Stevenson* – "Tusitala Edition" – London, Heinemann, 1923-24, 35 vols).

STORIA DELLA PORTA

1. *the lawyer*: con l'inglese *the lawyer* non s'intende propriamente un avvocato, qualifica usata quasi unanimemente nelle traduzioni italiane, ma in generale "qualcuno esperto di legge". Nelle correzioni finali al testo, Stevenson sostituì *solicitor* (il nostro *procuratore legale*) con *lawyer*, mai con *barrister* (che più corrisponde al nostro 'avvocato'). Del resto, né la caratterizzazione di Utterson né le sue mansioni nel romanzo coincidono con la tipologia antropologica e professionale di un avvocato: le sue funzioni nell'intreccio sono quelle di un garante della formalità della legge, curatore e depositario di testamenti e la sua passione va ai "passaggi di proprietà", mentre i suoi

modi sono impacciati e laconici, di uno a disagio con le parole. «Più notaio che avvocato», commenta Italo Calvino, suggerendo così di rispettare la coerenza del personaggio con una qualifica più adeguata: quella di notaio, per l'appunto.

2. *Juggernaut:* dallo hindi *Jagannath*, nome di una divinità che si identifica con Krishna. Secondo la leggenda, il carro del dio portato in processione schiacciava i fedeli sotto le sue ruote.

3. *apocrifo:* si dice dei libri sacri a cui la Chiesa non riconosce il carattere di ispirato e che non possono quindi essere inclusi nel canone delle Sacre Scritture.

IN CERCA DI MR. HYDE

1. *M.D… F.R.S.:* abbreviazioni di titoli onorifici. M.D. (*Medicinae Doctor*, dottore in medicina), D.C.L. (*Doctor of Civil Law*, dottore in diritto civile), L.L.D. (*Legum Doctor*, dottore in legge), F.R.S. (*Fellow of the Royal Society*, membro dell'Accademia Reale).

2. *Damone e Pizia:* coppia di filosofi pitagorici assunti come emblema dell'amicizia e dell'affinità intellettuale.

3. *che giochi … lo scoverò:* rendiamo in questo modo l'intraducibile gioco di parole dell'originale fra il nome *Hyde* e il verbo *to hide* 'nascondere', usato in contrapposizione al verbo *to seek* 'cercare'. La frase completa è: «If he be Mr Hyde […] I shall be Mr Seek» (letteralmente: 'Se lui é il signor Nascondi […] io sarò il signor Cerco').

4. *dottor Fell:* John Fell (1625-1686), decano del Christ Church di Oxford, il cui nome è diventato sinonimo di chiunque giudichi con pregiudizio o convinzioni irrazionali.

5. *pede claudo:* espressione latina, 'zoppicando'.

IL RACCONTO DEL DOTTOR LANYON

1. *10 dicembre, 18…:* nella revisione affrettata del romanzo, a Stevenson deve essere sfuggita l'incongruenza delle date. Infatti, una lettera scritta da Jekyll il 10 dicembre e inviata per raccomandata il giorno stesso, non può essere stata ricevuta da Lanyon il 9 gennaio. L'appello di Jekyll è drammaticamente urgente e, a un mese di distanza, qualunque intervento di Lanyon non avrebbe avuto più senso. Nella loro traduzione del romanzo, Fruttero e Lucentini (Einaudi, 1983) sono stati i primi a segnalare la svista e a correggerla. Noi ci limitiamo a farla presente, lasciando tuttavia inalterata la data dell'originale inglese.

2. *Ma rammenta il giuramento, Lanyon:* ancora una svista di Stevenson, già messa in evidenza dai suoi contemporanei. Sul punto di bere la pozione, Hyde rammenta a Lanyon il giuramento ippocratico (dal nome di Ippocrate di Coo, medico greco vissuto nel IV sec. a.C.) con cui il medico si impegna, nell'esercizio della professione, ad osservare una serie di principi etici, fra i quali il segreto professionale. Stranamente, però, Lanyon non replica nulla, per quanto ancora ignaro della doppia identità di chi gli sta di fronte.

LA PIENA CONFESSIONE DI HENRY JEKYLL

1. *i prigionieri di Filippi*: non è possibile indicare con precisione la derivazione di questa similitudine. Una qualche attinenza è rinvenibile con l'episodio narrato negli *Atti degli Apostoli* (16:26) in cui gli apostoli Paolo e Sila, fatti frustare con le verghe dalle autorità romane, vengono poi gettati in prigione, allorché verso mezzanotte «all'improvviso si avvertì una violenta scossa di terremoto, che fece sussultare le fondamenta del carcere. Di colpo tutte le porte si aprirono e le catene di tutti si staccarono». Gli apostoli, di fatto, non fuggirono, ma a Stevenson interessava la tonalità apocalittica del riferimento biblico, che i suoi lettori, buoni conoscitori della Bibbia, avrebbero comunque apprezzato.

2. *bravi*: in italiano nel testo.

3. *il dito babilonese*: ancora un'altra allusione biblica. Baltazar, ultimo re di Babilonia, ebbe una visione durante un banchetto: «In quel momento apparvero le dita di una mano e scrissero innanzi al candelabro, sull'intonaco del muro della reggia» (*Daniele*, 5:5). Le parole scritte sul muro erano un presagio di morte.

Indice

Joseph Conrad

L'agente segreto

Un'ambasciata straniera a Londra cerca di inca-
strare gli anarchici in un clamoroso attentato ter-
roristico. Per farlo si serve di Verloc, la cui esistenza
di semplice negoziante è solo una copertura; in
realtà, lavora come spia per l'Ambasciata e come
informatore per la polizia, ma al tempo stesso gode
della fiducia degli anarchici. Così viene ricattato e
costretto a infiltrarsi per attuare il colpo. Ma succede qualcosa che non sarebbe dovuto accadere e
scattano le indagini della polizia. La vendetta e l'o-
micidio entrano nella vita del protagonista e della
sua famiglia; la fatalità s'impossessa di individui fatti
per la più semplice delle esistenze. La cronaca av-
vincente di questo caso si concluderà in quelle acque
della Manica che Conrad aveva solcato in qualità
di capitano della marina inglese prima di approdare
a terra come uno tra i più grandi scrittori del primo
Novecento.

Gustave Flaubert
Madame Bovary

Sogno e realtà, immaginazione e disinganno, amore e tradimento lottano tormentosamente nel cuore di Emma Bovary. Pubblicato tra il 1856 e il 1857, *Madame Bovary*, la storia di una donna che si consuma nell'odio della mediocrità provinciale, vittima della romantica aspirazione ad essere altro da ciò che è, rimane un capolavoro assoluto della letteratura francese. Flaubert riesce a rappresentare nella vita dei suoi personaggi il conflitto tra l'immaginario, con le sue trappole e le sue meraviglie, e la brutale, immutabile realtà.

Kahlil Gibran
Il Profeta

CON TESTO A FRONTE

«Quando l'amore vi chiama, seguitelo, / Sebbene le sue vie siano difficili ed erte. / E quando vi avvolge con le sue ali, cedetegli, / Anche se la lama nascosta tra le piume potrà ferirvi. / Quando vi parla, credetegli, sebbene la sua voce possa frantumare i vostri sogni così come il vento del nord arreca scompiglio al giardino».

In questo classico della letteratura di tutti i tempi, con vibrante lirismo Gibran descrive la verità del suo sentire fra sogno e racconto. Le parole del Profeta sono la poesia della vita, un grande inno alla Natura e all'armonia dell'universo.

❖

Franz Kafka

La metamorfosi
Lettera al padre

Una mattina, svegliandosi da sogni inquieti, Gregor Samsa si ritrova trasformato in un enorme insetto. Da semplice commesso viaggiatore che mantiene la famiglia a orribile scarafaggio rifuggito da tutti, vive una storia surreale e inquietante che è una delle più grandi creazioni del Novecento. Come lo stesso Franz Kafka nella *Lettera* mai consegnata al padre, il protagonista del romanzo incarna la solitudine dell'uomo, l'esclusione irrimediabile dalla "vita reale". Il tema della colpa che provoca un'incomprensibile quanto misteriosa condanna – un sentimento vissuto in prima persona dal grande narratore e descritto nelle sue opere – è una delle espressioni letterarie più profonde della condizione esistenziale contemporanea.

Niccolò Machiavelli

Il Principe

CON VERSIONE IN ITALIANO DI OGGI

Dedicato a Lorenzo de' Medici, con la speranza che dalla sua casata possa risvegliarsi un ingegno eccellente che, liberata l'Italia dal dominio straniero, la unifichi in uno stato perfetto, *Il Principe* è uno dei più grandi capolavori di tutti i tempi. La figura ideale che viene sapientemente ritratta è quella di un uomo impetuoso più che rispettoso, poiché la fortuna che governa per metà il destino «è donna, ed è necessario, volendola tenere sotto, batterla e urtarla»: purché vinca il nemico e mantenga il potere, qualunque mezzo gli viene giustificato. Il principato ideale che esce dal genio di Machiavelli è opera creata dalla virtù di una personalità d'eccezione in cui la filosofia dell'uomo del Rinascimento trova la sua massima espressione.

Molière

Il malato immaginario

CON TESTO A FRONTE

Con questa straordinaria commedia in tre atti Molière ha creato una figura che appartiene ormai all'immaginario collettivo. Chi non si è mai creduto malato? Chi non ha mai interpretato un ruolo dettato solo dalla propria suggestione? Tra follie e fobie, Argan vive tutto questo coltivando con passione i suoi mali, circondato da mille dottori, finché con una beffa non smaschererà i personaggi che si muovono intorno a lui svelando la loro vera identità e scoprendo che in fondo è la Natura l'unica medicina salvifica. Il grande commediografo, con il *Malato immaginario*, segna una svolta importante nella storia del teatro, con una rappresentazione dell'uomo e della società che affermano tutta la ricchezza e la dignità del genere comico.

Petronio

Satyricon

CON TESTO A FRONTE

Seguendo i rocamboleschi viaggi di Encolpio, Ascilto e Gitone, che passo dopo passo incappano in ogni sorta di avventure, il *Satyricon* dipinge con una straordinaria vivacità rappresentativa la società dell'antica Roma fra amori lascivi, sontuosi banchetti e imbrogli ingegnosi. Nel descrivere con sagace e farsesca ironia gli eccessi, l'immoralità dilagante e la diffusa spregiudicatezza del popolo romano, Petronio crea un modello di narrativa realistica che ha valore universale.

❖

William Shakespeare
Macbeth

<small>CON TESTO A FRONTE</small>

Ancora oggi, dopo quattrocento anni dalla sua prima rappresentazione, Macbeth è una delle tragedie più amate dal pubblico e dalla critica. In questo grande dramma shakespeariano il desiderio di potere e l'ambizione smisurata muovono l'intreccio fra violenze sanguinarie e fantasmi ossessivi. Le forze del bene e del male lottano intorno al trono di Scozia, ma il delirio di potenza di Macbeth che uccide re Duncan verrà sconfitto e punito: nella lotta politica trionfano il diritto e la morale, non la magia e la brama sconsiderata di un singolo.

---------- ❖ ----------

Mary Shelley
Frankenstein

Un giovane scienziato, "moderno Prometeo", ac-
quisisce dopo anni di esperimenti il terribile potere
di infondere la vita nella materia inerte. Creatore e
Creatura ingaggiano da quel momento un duello
drammatico e feroce che può concludersi solo con
la reciproca distruzione negli abissi della solitudine
e della colpa.
Il capolavoro di Mary Shelley universalmente riconosciuto come il precursore del genere fantascien-
tifico.

Italo Svevo

La coscienza di Zeno

Malato immaginario, fumatore pentito ma incapace di smettere, mentitore per paura di affrontare la realtà, Zeno Cosini è l'uomo moderno ormai giunto all'appuntamento con la psicanalisi e la nevrosi della vita quotidiana. Il racconto è un diario tragicomico delle contraddizioni e dei lapsus che il personaggio produce in continuazione, tentando invano di realizzarsi per guarire dal male di vivere. Ma la Musa dell'ironia, che rende questo romanzo una lettura eccezionale e originalissima, salverà Zeno dalla sconfitta umana.

Giovanni Verga
Mastro-don Gesualdo

Sicilia di fine Ottocento: con la sua abilità e con il suo strenuo lavoro, Mastro-don Gesualdo riesce a creare una grande ricchezza che fa nascere in lui l'ambizione di legarsi con la nobiltà corrotta, abbandonando la donna che ama, una serva, per sposarsi con un'aristocratica decaduta. Il tradimento dei valori semplici e arcaici del mondo contadino al quale appartiene lo porterà alla rovina economica, circondato dall'egoismo e dall'indifferenza di una classe sociale che non lo ha mai accettato. In questo grande romanzo Giovanni Verga rappresenta «una specie di fantasmagoria della lotta per la vita» descrivendo il cammino dell'umanità verso il progresso.

❖

Oscar Wilde
Il ritratto di Dorian Gray

«Dire l'incredibile e fare l'improbabile: è giusto il tipo di vita che vorrei per me»: è la filosofia che ha ispirato la vita e l'opera di Oscar Wilde. La storia di Dorian Gray ha in sé qualcosa di straordinariamente seducente. Insuperabile *dandy* e artista della parola, Dorian trova il segreto per conquistare l'eterna giovinezza e mantenere intatta la purezza, pur abbandonandosi a una vita dissoluta: le sue nefandezze rimangono impresse soltanto sul suo ritratto. Nella sua critica sarcastica contro i costumi e i valori dell'Inghilterra vittoriana, l'eccentrico romanziere teorizzò l'edonismo come unico principio da seguire, celebrando l'arte del saper vivere e il trionfo dell'estetismo al di sopra di ogni morale.